CHANSONS

ET

POÉSIES DIVERSES.

Félix Massard del. et sculp.

Air Turturelle ?.

Que l'infernal Souverain ?,
Brisant son Sceptre d'Airain
Avec nous chante en délire
Il aut rire . (bis)

Par cet exemple entraînés,
Que les Diables aux Damnés
Disent c'est trop long tems frere ?
Il faut rire . (bis)

CHANSONS

ET

POÉSIES DIVERSES

DE M. A. DÉSAUGIERS,

Convive du Caveau moderne;

TOME II,

DÉDIÉ A M. LE COMTE MURAIRE,

Conseiller d'Etat à vie, premier Président de la Cour de
Cassation, Grand-Officier de lu Légion d'Honneur.

A PARIS,

Chez
{
DOULET, Imprimeur, quai des Augustins,
n°. 9;
BECHET, libraire, même quai, n°. 63.
GERMAIN-MATHIOT, même quai, n°. 25.

1812.

DIALOGUE
DÉDICATOIRE.

L'AUTEUR.

Où courez-vous, mes vers, et quelle est votre
       audace ?
Au temple de Thémis oser vous présenter !
Croyez-vous qu'au Palais on daigne vous chanter,
orsque personne encor ne vous chante au Parnasse ?

LES CHANSONS.

  Nous allons frapper aujourd'hui,
on chez l'homme d'Etat, mais chez l'homme du
      monde ;
 Celui sur qui tout notre espoir se fonde,
es arts comme des lois est l'organe et l'appui.

L'AUTEUR.

 Il protège les arts utiles,
  Et dédaigne ces jeux futiles,
phémères enfans d'un frivole loisir.

DIALOGUE

LES CHANSONS.

Il sait, aimable autant que juste,
Aux soins d'un ministère auguste
Entremêler parfois les roses du plaisir.

L'AUTEUR.

Vous flatteriez-vous de lui plaire
Avec d'aussi faibles accens ?

LES CHANSONS.

Non, mais quand on aime le père,
On accueille bien les enfans.

L'AUTEUR.

Vous oubliez qu'il tient cette balance
Dont le fatal ou consolant arrêt
Punit toujours ou récompense
Le bien et le mal qu'on a fait.

LES CHANSONS.

Ah ! bon Dieu ! sur quel ton notre père déclame !
A peine à ces grands mots nous te reconnaissons...
Tu parles comme un mélodrame.

L'AUTEUR.

Vous pensez comme des chansons.

LES CHANSONS.

C'est toi qui nous appris à rire ;
Et si par cette gaîté-là
Du juge bienfaisant qui bientôt nous lira,
Nous pouvions un instant exciter le sourire...

L'AUTEUR.

Législateur , il vous dédaignera ,
Ou poète, il vous sifflera.

LES CHANSONS.

Tu crois ?.... Eh bien ! tâchons de le surprendre
à table :
Au dessert... oui , c'est l'instant favorable.
Ensuite , papillons légers ,
Voltigeons en riant sur son front vénérable ,
Ecartons-en les soucis passagers ;
Et si dans l'ivresse bruyante
Du fol essaim de tes chansons ,
Nous entendons de sa bouche riante
De l'un de nos refrains s'échapper quelques sons,

« Mon père, le Destin comble notre espérance, »
Dirons-nous tous. vers toi poussant un joyeux cri;
« Minerve pour la lyre a déposé sa lance,
    Et Thémis a souri. »

L'AUTEUR.

Vous me persuadez ; tous mes sens s'abandonnent
Aux charmes de l'espoir que vous me présentez...
    Mais qu'entends-je ? cinq heures sonnent :
    Le banquet va s'ouvrir ; partez.
Cette balance, hélas ! qu'à bon droit je redoute,
    Vous sera funeste, sans doute,
Si dans tout son pouvoir l'équité la maintient ;
    Mais du bonheur vous atteindrez le faîte,
    Et pour jamais votre fortune est faite,
    Si c'est l'amitié qui le tient.

CHANSONS

ET

POÉSIES DIVERSES.

wwwwwwwwwwwwwwwwwwwwwwwwwwwwwwwwwwwwww

LE CODE ÉPICURIEN.

AIR : Quand Bilon voulut danser.

ARTICLE Ier.

SANTÉ, joie, *et cœtera*,
A qui ces statuts lira ; } *Bis.*
C'est du divin Epicure
La morale toute pure,
   Et remise à neuf
   Pour mil huit cent neuf. } *Bis.*

ART. II.

Ordre à tout Epicurien
De ne s'affliger de rien ;
Fils heureux de la Folie,
Rien n'aura droit dans la vie
   De le chagriner,
   Qu'un mauvais dîner.

Art. III.

Dès que son printems viendra,
L'Epicurien aimera ;
Mais jamais d'ardeur fidelle ,
Attendu que chaque belle
   Doit , en fait d'amour ,
   Réclamer son tour.

Art. IV.

Lui défendons toutefois
De changer avant un mois ;
Et si la Parque traîtresse
Vient lui ravir sa maîtresse ,
   Il la pleurera....
   Le moins qu'il pourra.

Art. V.

S'il naît de ce doux lien
Un petit Epicurien,
De peur qu'il ne dégénère
Des qualités de son père ,
   Ordre à l'innocent
   De boire en naissant.

Art. VI.

L'Epicurien, des autels
Fuira les nœuds *éternels*,
Attendu que ce qu'on aime
Ne peut, fût-ce Vénus même,
  Paraître charmant
  Eternellement.

Art. VII.

D'une femme quand l'époux
Sera quinteux et jaloux,
L'Epicurien de la belle,
Embrassera la querelle,
  Et la vengera,
  Le mieux qu'il pourra.

Art. VIII.

Ordonnons que le matin,
Quiconque aura soif ou faim,
Se contente d'une pinte
Et d'un jambonneau ; de crainte
  Que le déjeûner
  Ne nuise au dîner.

ART. IX.

S'il se trouvait un voisin
A la jalousie enclin,
Il sera réputé traître ;
Mais nous lui permettons d'être
  Jaloux de celui
  Qui boit plus que lui.

ART. X.

L'Epicurien qu'un censeur
Blâmera d'être buveur,
A son style maigre et fade
Jugeant son esprit malade,
  Doit, par charité,
  Boire à sa santé.

ART. XI.

L'Epicurien se dira,
  Quand sa tête blanchira :
« Dois-je à l'heureuse jeunesse
» Reprocher sa folle ivresse ?
  » Ne crions pas tant,
  » J'en ai fait autant. »

ART. XII.

Quand son heure sonnera,
Sur sa tombe on inscrira :
Ci-gît un fils d'Epicure ,
Qui, malgré dame Nature,
   Certe aurait vécu
   Plus s'il avait pu.

ART. XIII.

Fait au temple où chaque jour ⎫
Epicure tient sa cour ;   ⎬ *Bis.*
Publié ce vingt décembre , ⎭
Au banquet de la grand' chambre ,
   Pardevant Comus,   ⎫
   Bacchus et Momus. ⎬ *Bis.*

EN ATTENDANT.

AIR : Chansons, chansons.

Amis, c'est en vain que je guette
Quelque refrain de chansonnette
    Qui soit mordant ;
A mes désirs le tems s'oppose :
Je vais donc chanter autre chose
    En attendant.

S'il est plus d'un auteur qu'on cite,
Quoiqu'il n'ait encor qu'un mérite
    Peu transcendant,
C'est que souvent ces bons apôtres
Ont emprunté l'esprit des autres
    En attendant.

Hortense, fillette égrillarde,
Attend de Brive-la-Gaillarde
    Un prétendant :
Il arrive ; il épouse Hortense :
Elle avait perdu.... patience
    En attendant.

Purgon conseille à son malade
D'avaler force limonade,
    Force chiendent :
Le printems lui rendra la vie.
Mais le cher docteur l'expédie.
    En attendant.

Damis a fait cinquante pièces
Que le public a mis en pièces ;
    Et l'imprudent ,
Comptant toujours sur la prochaine ;
Se fait siffler chaque semaine
    En attendant.

Contre un banquier très-honnête homme ,
Dont la faillite nous assomme ,
    On va plaidant :
Le débiteur fait bonne chère ;
Le créancier meurt de misère
    En attendant.

L'autre jour la jeune Céphise
Epouse un reître à barbe grise....
    Quel accident !
A sa quatre-vingtième aurore
La pauvre enfant était encore
    En attendant.

Midas, que l'amour-propre gonfle
Fait des vers où le public ronfle ;
    Et le pédant,
Visant au' temple de mémoire,
A Charenton porte sa gloire
    En attendant.

O divin Molière ! ô mon maître !
Quand de toi verrons-nous renaître
    Un descendant ?
Hélas ! depuis ta dernière heure,
Thalie en deuil soupire et pleure
    En attendant.

Mais tandis qu'ici je m'amuse,
Contre nous je vois la-camuse
    Armer sa dent....
Amis, sous le myrte et la treille,
Caressons fillette et bouteille
    En attendant.

L'ÉLOGE DU LONG,

En réponse à l'*Eloge du Rond*, par
M. DE PIIS.

AIR : Gn'y a que Paris (*des Poëtes sans souci*).

EN l'honneur de notre patron,
Je ne sais quelle chanson faire....
Mais Piis a chanté le rond :
Or, le plus court dans cette affaire,
Ma foi, c'est de chanter le long ;
  Eh flon, flon, flon,
  Vive le long !

       Bis.

Sur tous les vins, c'est au Bordeaux
Que je donne la préférance ;
Et le rouge dieu des tonneaux,
Pour signaler son excellence,
L'honora d'un bouchon plus long ;
  Eh flon, flon, flon,
  Vive le long.

Lorsque les objets vus de loin
N'offrent plus d'images bien nettes ;
Lorsqu'un invincible besoin
Nous prescrit de porter lunettes,
Qu'il est doux d'avoir un nez long !
    Eh flon, flon, flon,
    Vive le long !

Quand La Fontaine, malgré lui,
Cheminait vers l'Académie,
Pressentant l'éternel ennui
De cette séance ennemie,
Il prenait toujours le plus long !
    Eh flon, flon, flon,
    Vive le long !

Pour être partout admiré,
Pour être au-dessus des menaces,
Pour être insolent à son gré,
Pour envahir toutes les places,
Il ne faut qu'avoir le bras long...,.
    Eh flon, flon, flon,
    Vive le long !

Je tire l'épée un matin ;
Mon rival était un Saint-George,
Et le fer pointu du mutin

Allait me traverser la gorge ,
,,Quand par bonheur le mien plus long....
  Eh flon , flon , flon ,
  Vive le long !

De sa maison qu'un vieil époux
Ne s'absente qu'une semaine ,
Pour sa tendre épouse , entre nous ,
Mes amis , ce n'est pas la peine ;
Mais qu'il prenne un congé plus long.....
  Eh flon , flon , flon ,
  Vive le long !

Quel plaisir de passer la nuit
Dans les bras de celle qu'on aime !
Mais par malheur ce plaisir fuit
Avec une vîtesse extrême....
Tendre Amour , fais qu'il soit plus long !
  Eh flon , flon , flon ,
  Vive le long !

Sur le long , mes amis , voici
Tout ce qu'en gros ma muse enfante ;
Souffrez que je m'arrête ici....
Vive le court lorsque je chante !
Mais quand vous chantez tous en rond,
  Eh flon , flon , flon. } *Bis*
  Vive le long !

~~~~~~

RONDE PROPHÉTIQUE.

Air : Lon, lan, la.

QUEL est pour ma chansonnette
Le refrain qui conviendra ?
Est-ce ma tanturlurette,
Ou flon, flon, tourlourifa ?
    C'est lon, lan, la,
    Landerirette,   } *Bis en chœur.*
    C'est lon, lan, la,
    Et m'y voilà.

L'époux que chérissait Laure,
L'autre matin expira :
Un noir chagrin la dévore....
Mais Dorval la suit déjà ;
    Et lon, lan, la,
    Huit jours encore,   } *Bis en chœur.*
    Et lon, lan, la,
    Laure rira.

Honteux de sa rouge trogne ,
Lorsque Guillot jurera
Que le Bordeaux , le Bourgogne
Plus ne le renversera...
 Et lon , lan , la ,
 Seiment d'ivrogne , } *Bis en chœur.*
 Et lon , lan , la ,
 Guillot boira.

Qu'à belles dents on déchire
Ce que Voltaire enfanta ,
Mahomet , Brutus , Zaïre ,
La Pucelle , *et cœtera ;*
 Et lon , lan , la ,
 A la satyre , } *B's en chœur.*
 Et lon , lan , la ,
 Il survivra.

Du Perron ancien pirate ,
Sans pudeur Grapin vola ,
Et sur sa dure omoplate ,
Plus d'un bâton se brisa ;
 Et lon , lan , la ,
 Il rampe , il flatte , } *Bis en chœur.*
 Et lon , lan , la ,
 Il parviendra.

De Rose assiégez les charmes,
Crac, on s'évanouira ;
Donnez-lui de l'eau des Carmes,
Zeste, on s'épanouira ;
    Et lon, lan, la,
    Une ou deux larmes,   } *Bis en chœur.*
    Et lon, lan, la,
    On se rendra.

Un censeur plein d'amertume
Toujours vous déchirera ;
Sa main, comme sur l'enclume,
Sur vos défauts pesera ;
    Et lon, lan, la,
    Graissez sa plume,   } *Bis en chœur.*
    Et lon, lan, la,
    Il glissera.

La riche et vieille Laurence
Croit que Damis l'aimera ;
Mais Damis, en conscience,
Fera-t-il cet effort-là ?
    Et lon, lan, la,
    Qu'elle finance,
    Et lon, lan, la,   } *Bis en chœur.*
    Il le fera.

Le vieux Mondor à la banque
Doit le coffre-fort qu'il a ,
Et tous les jours il le flanque
De fonds qu'il centuplera ;
   Et lon , lan , la ,
   Que rien n'y manque,
   Et lon , lan , la ,
   Il manquera.

} *Bis en chœur.*

Paul demain livre au parterre
Un drame qu'on sifflera ;
Mais du monde littéraire
En vain il disparaîtra ;
   Et lon , lan , la ,
   Chez le libraire ,
   Et lon , lan , la ,
   Il restera.

} *Bis en chœur.*

Mais il est tems de me taire ;
Allons , ma muse , alte-là....
Si le public trop sévère
Blâme cette ronde-là ,
   Et l'on , lan , la ,
   Il peut en faire....
   Et lon , lan , la ,
   Ce qu'il voudra.

} *Bis en chœur.*

AVANT ET APRÈS.

Air : Tarare pompon.

Entonnons en buvant
Notre joyeuse antienne ;
Mais souffrez que la mienne,
Amis , se chante *avant*.
Heureux si l'assemblée,
Riant à mes couplets,
Les applaudit d'emblée
    Après !

L'amour, le plus souvent,
N'est qu'un moment d'ivresse ;
Près de jeune maîtresse
En vain on brûle *avant*.
Pour que notre cœur aime ,
Et que ses feux soient vrais ,
Il doit brûler de même
    Après.

A peine en arrivant
Fleur d'amour est cueillie ;
Que fillette est jolie
Une minute *avant !*
Dans l'amoureuse lutte
Que d'esprit , que d'attraits !
Mais gare la minute
    D'après !

Nuit et jour écrivant ,
Chaque fois que Valère
Livre un drame au parterre,
Il est tout fier *avant :*
Sa contenance atteste
L'espoir d'un plein succès....
Mais comme il est modeste
    Après !

Au sortir du couvent
L'hymen enchaîne Laure :
La belle était encore
Un ange une heure *avant ;*
Mais un bruit effroyable
Suit le calme de près ,
Et notre ange est un diable
    Après.

Hypocrite savant ,
Qu'un de ses parens meure ,
Paul se désole et pleure
. Huit ou dix mois *avant ;*
Mais devant l'héritage ,
Insultant aux cyprès ,
Comme il se dédommage
  Après !

D'une tête à l'évent
Dorante fait emplette ;
Il sait que la coquette
Fît parler d'elle *avant :*
Mais l'indulgent Dorante
Aura château , laquais....
Puis arrive qui plante
  Après !

Amis , en bien buvant ,
Etourdissons la Parque ;
Moquons-nous de sa barque ,
Et rions bien *avant :*
Fût-elle à notre porte ,
Mangeons chaud , buvons frais ,
Et qu'elle nous emporte
  Après.

~~~~~~

PARIS EN MINIATURE,

VAUDEVILLE.

Air du vaudeville du Sorcier.

Amour, mariage, divorce,
Naissances, morts, enterremens,
Fausses vertus, brillante écorce,
Petits esprits, grands sentimens,
Dissipateurs, prêteurs sur gages,
Hommes de lettres, financiers,
  Créanciers,
  Maltôtiers
  Et rentiers,
Tièdes amis, femmes volages,
Riches galans, pauvres maris....
  Voilà Paris. (4 *fois.*)

Là des commères qui bavardent,
Là des vieillards, là des enfans,
Là des aveugles qui regardent
Ce que leur donnent les passans,

Restaurateurs , apothicaires ,
Commis , pédans , tailleurs , voleurs ,
  Rimailleurs ,
  Ferrailleurs ,
  Aboyeurs ,
Juges de paix et gens de guerre ,
Tendrons vendus , quittés , repris....
  Voilà Paris.

Maint gazetier , mainte imposture ,
Maint ennuyeux , maint ennuyé ,
Beaucoup de fripons en voiture ,
Beaucoup d'honnêtes gens à pié ;
Epigrammes , complimens fades ,
Vaudevilles , sermons , bouquets ,
  Et ballets ,
  Et placets ,
  Et pamphlets ,
Madrigaux , contes bleus , charades ,
Vers à la rose , pots-pourris....
  Voilà Paris.

Ici des fous qui se ruinent ,
Ici d'avides grapilleurs ,
Et plus loin d'autres fous qui dînent
Quand on va se coucher ailleurs.

Là jeunes gens portant lunettes,
Là vieux visages rajeunis,
    Bien munis,
    Bien garnis
    De vernis ;
Acteurs vantés, marionnettes,
Grands mélodrames, plats écrits....
    Voilà Paris.

Hôtels brillans, places immenses,
Quartiers obscurs et mal pavés,
Misère, excessives dépenses,
Effets perdus, enfans trouvés,
Force hôpitaux, force spectacles,
Belles promesses sans effets,
    Grands projets,
    Grands échecs,
    Grands succès,
Des platitudes, des miracles,
Des bals, des jeux, des pleurs, des cris....
    Voilà Paris.

~~~~~~

5ᵉ. SOIRÉE DE CADET BUTEU

A LONGCHAMP.

AIR : La plus belle promenade.

LA plus belle promenade
Est de Paris à Longchamp ;
Tout' la ville y est en parade ,
Trottant , roulant ou marchant :
Autrefois , au son des cloches ,
Ce ch'min m'nait dans un saint lieu ;
A c't heure on fait des bamboches
Où c' qu'on allait prier Dieu.

AIR : Eh flon , flon , flon.

C'est là qu'la mijàurée
En plein va s'étaler :
Suzon la délurée
Y trouv' à qui parler :
Eh flon , flon , flon , la veuve éplorée ,
Et gai , gai , gai , va s'y consoler.

AIR : Ah ! de quel souvenir affieux.

Qu'est-c' qu' c'est donc que c'tendron voilé
Qui jou' d'la prunelle sous cape ?
Dans son char le v'la z'envolé
Comme un sansonnet qui s'échappe.
Vlà qu'sa main vient, sans y penser,
De r'lever son voile modeste :
Jarni ! si l'char vient à varser,
La pauvre enfant risque d'casser
La dernièr' dent qui lui reste.

AIR : Trouverez-vous un parlement.

Voyez donc c't aut' gros enflé-là ;
Depuis trois ans il fait l'négoce.
Ah ! jarni, l'bon métier que v'là,
Puisqu'on y roul' sitôt carosse !
Il a pourtant fait trois faux pas...
D'où c' que sans peine on peut conclure
Que l'honneur n'est, en pareil cas,
Qu'la cinquièm' roue à la voiture.

AIR : Le port Mahon est pris.

V'là z'un' belle amazone...
Eh ! mais oui-dà...
C'est-elle en parsonne.
Où qu'tu vas donc, mignonne,

Avec c'grand dadais-là ?
A dada , à dada , à dada.
Paix donc, m'dit un passant...
C'te dame est un' ci-d'vant...
Oui , ci-devant blanchisseuse ;
J'li conseillons d'fair' sa dédaigneuse !
Gar'-là , qu' sur sa baigneuse
J' ly r'passions un savon ,
Et zon , zon, zon ,
Allez donc.

Air du pas redoublé.

Et toi , p'tit muscadin pimpant ,
A la min' éventée ,
Qui vas à tout' brid' galoppant
Sur un' jument prêtée ;
Sans peine j' devinons, malin ,
Au train dont tu la pousses ,
Qu'tu crains qu' les Anglais de c' matin
N'soient encore à tes trousses,

AIR : Amusez-vous , jeunes fillettes.

V'là tout là-bas un' nymph' qu'est faite
Comm' l'Apollon du Belvéder ;
Et tout' ces plumes sur sa tête
N' laiss' pas que d' ly donner bon air :

Sa voix pourtant est un brin rauque....
Elle approche.... A ses r'gards pâmés
J' vois qu'sa coiffure est la défroque
D' tous les dindons qu'elle a plumés.

AIR : Du haut en bas.

Du haut en bas
Alle a tout d'même assez bonne grâce ;
Du haut en bas
J'allumons d' l'œil tous ses appas.
Ah! jarni, v'là l' lacet qui casse,
Et tout son embonpoint qui passe
Du haut en bas.

AIR : Ton humeur est, Catherine.

Mais en trottant d'belle en belle,
Ventregué ! je n' voyais pas
C'te superbe ribambelle
D'équipages qui vont l'pas ;
C'est des amis qui ; sans doute,
Ce soir n'voulont pas s'quitter,
Car de peur de s'pérdre en route,
Ils s' sont fait numéroter.

3

AIR : jeunes filles , jeunes garçons.

L's honnêt' gens qui n'ont pas l'bonheur
D'avoir un carrosse à leux ordre ,
Pour mieux jouir de tout ç' biau désordre,
Ayant cru d'voïr dîner par cœur,
    Y gobent pour se r'faire
    D' la poussière à gogo ; .
    Puis l'verre de coco,
    Vient z'humecter l' gâteau
        De Nanterre.

AIR : Tout le long de la rivière.

Mon dieu ! que v'là d'monde arrivant
Et par derrière et par devant...
Par ici d's amans qui s'chamaillent ,
Par là des vieux époux qui bâillent ,
Des ch'vaux , des ân's au milieu d'çà ;
Puis , pour égayer ç' tableau-là ,
Le sabre en main , v'là la maréchaussée,
        Galoppant ,
        Frappant
    Le long de la chaussée,
Tout le long , le long de la chaussée.

Air des Pierrots.

Bref, au milieu de tant d'merveilles,
C' que j'avons remarqué le mieux ,
C'est un train à fendre l's oreilles,
Un' poussière à crever les yeux.
Bell's, dont l's époux d'humeur maussade
N' font qu' tarabuster les amours ,
Envoyez-les à c'te prom'nade ;
Ils en r'viendront aveugl's et sourds.

~~~~~~

LE PETIT GARGANTUA.

RONDE GOURMANDE.

,,AIR : Quand on sait aimer et plaire,

QUAND on sait manger et boire,
A-t-on besoin d'autre bien ?
Sans son ventre et sa mâchoire,
Le plus riche n'aurait rien.

La table , amante fidèle ,
Eut notre premier désir,
Et du vieillard qui chancèle ,
Elle est le dernier plaisir.

Quand on sait , etc.

D'une science importune
Le pédant se targue en vain ;
Où le traiteur fait fortune ,
Le libraire meurt de faim.

Quand on sait , etc.

Les noms si beaux de Corneille,
Démosthène et Scipion,
Sonnent moins à mon oreille
Que celui d'Amphitryon.

Quand on sait, etc.

Pauvre au sein de l'abondance,
Midas, Tantale nouveau,
Eût troqué son opulence
Contre un plat de fricandeau.

Quand on sait, etc.

Si de l'amoureux manège
La fatigue me séduit,
C'est qu'elle a le privilége
De tripler mon appétit.

Quand on sait, etc.

A parcourir les deux mondes
Colomb en vain s'illustra;
Amis, des machines rondes,
La plus belle, la voilà. (1)

Quand on sait, etc.

_____

(1) En se frappant le ventre,

Le chagrin , la sombre envie
Mangent peu , n'engraissent point ;
Mais la bonté , la folie
Ont pour cachet l'embonpoint.

Quand on sait, etc.

Si Jean-Jacque eut l'humeur aigre ,
Si Panard ne boudait pas ,
C'est que Jean-Jacque était maigre ,
C'est que Panard était gras.

Quand on sait , etc.

Elevons dans cette enceinte
Une statue à Comus ;
Et , pleins d'une ferveur sainte ,
Gravons-y cet *oremus* :

Quand on sait , etc.

Que la statue embaumée
Protège nos gais festins,
Et s'anime à la fumée
Et des sauces et des vins.

Quand on sait , etc.

Qu'enfin en vapeur épaisse
L'encens monte vers les cieux ,
Et porte ce cri d'ivresse
Jusqu'à la table des dieux :

Quand ou sait manger et boire ,
A-t-on besoin d'autre bien ?
Sans son ventre et sa mâchoire ,
Le plus riche n'aurait rien.

LE RETOUR DE L'HIVER.

Air : Chantons les matines de Cythère.

Faisons nos-adieux à la verdure
Qui favorisa nos gais loisirs ,
Et charmons le deuil de la Nature
Par l'attrait de mille autres plaisirs.

Le plaisir ne fond-il pas les glaces
Du farouche hiver et des vieux ans ,
Et partout où paraissent les grâces ,
Ne retrouve-t-on pas le printems ?

Faisons nos adieux , etc.

L'arbre jaunissant va de ses feuilles
Nous retirer l'ombrage léger ;
Mais , Suzon , la grappe que tu cueilles
Saura bien nous en dédommager.

Faisons nos adieux , etc.

Sous le domino de la Folie ,
Le dieu malin cachant son carquois ,
Attaque et soumet la plus jolie :
Que fait-il de plus au fond du bois ?

Faisons nos adieux , etc.

Lise sur la neige éblouissante
Offre-t-elle à nos yeux moins d'appas ?
Et là , comme sur l'herbe naissante ,
Ne peut-elle pas faire un faux pas ?

Faisons nos adieux , etc.

Un joli sein , quand le schal s'entr'ouvre,
Charme en été les yeux de chacun :
Mais la palatine qui le couvre
Ne s'écarte en hiver que pour un.

Faisons nos adieux , etc.

Tandis qu'Orgon , oubliant sa femme ,
Pleure au coin du feu l'argent qu'il perd ,
Un *lieutenant* fait rire madame
Pour égayer son quartier d'hiver.

Faisons nos adieux , etc.

En hiver, sous la voûte éthérée
La foudre jamais ne murmura ;
Et qui craint le souffle de Borée
Retrouve Zéphyr à l'Opéra.

Faisons nos adieux , etc.

Quittons Cérès pour Iphigénie ,
Le garçon de ferme pour Pasquin ,
Les saules pleureurs pour Mélanie ,
Et les mérinos pour Arlequin.

Faisons nos adieux , etc.

Si les fruits dont l'été nous régale
Sont ravis à nos friands transports ,
Pour nous consoler , amis , Cancalle
De son sein nous ouvre les trésors.

Faisons nos adieux ,

Non , jamais vents , grêle , pluie et neige
N'auront le droit de nous alarmer ,
Tant que nous aurons le privilége
De chanter, et de boire et d'aimer.

Faisons nos adieux , etc.

IL FAUT RIRE.

CHANSONNETTE.

AIR : Turlurette, ma tanturlurette.

JANVIER recommence encor
Et nous retrouve d'accord :
Gaîté, viens monter ma lyre ;
    Il faut rire....
    Il faut rire ;   } *Chorus.*
Rire et toujours rire.

Fidèles à notre plan,
Depuis le premier de l'an,
Jusqu'à l'heure où l'on expire,
    Il faut rire....
    Il faut rire,
Rire et toujours rire.

L'an qui fuit ne revient plus ;
Mais nos regrets superflus
Ne pouvant le reproduire,
    Il faut rire....
    Il faut rire,
Rire et toujours rire.

L'hiver nous glace aujourd'hui ;
Mais en songeant qu'après lui
Un nouveau printems va luire ,
    Il faut rire....
        Il faut rire ,
    Rire et toujours rire.

Tant que nous aurons des yeux
Pour voir minois gracieux ,
'Taille fine et doux sourire ,
    Il faut rire....
        Il faut rire ,
    Rire et toujours rire.

Tant que nous aurons des dents
Et des repas abondans ,
De nos goûts dût-on médire ,
    Il faut rire....
        Il faut rire ,
    Rire et toujours rire.

Tant que la foudre en éclats
Dans nos caves n'ira pas
Tourner le vin qu'on y tire ,
        Il faut rire....
        Il faut rire ,.
    Rire et toujours rire.

Tant qu'un merveilleux blondin
Sifflera Georges Dandin
Avant de savoir écrire,
    Il faut rire....
    Il faut rire ,
Rire et toujours rire.

Tant que, voyant ses monts d'or,
La jeune Agnès à Mondor
Dira : *Pour vous je soupire !*
    Il faut rire....
    Il faut rire ,
Rire et toujours rire.

Tant qu'un sot et vieux barbon
Dira , croira tout de bon
Qu'à sa femme il peut suffire ,
    Il faut rire....
    Il faut rire ,
Rire et toujours rire.

Tant qu'un médecin savant
Au nombre des ci-devant
Né viendra pas nous inscrire,
    Il faut rire....
    Il faut rire ,
Rire et toujours rire.

4

Dût-il en un tour de main
Nous expédier demain ,
En entrant au sombre empire
Il faut rire....
Il faut rire ,
Rire et toujours rire.

Sûrs d'y rencontrer Favart ,
Vadé , Piron et Panard ,
Le moyen de n'y pas dire :
Il faut rire....
Il faut rire ,
Rire et toujours rire.

Avec eux dansant en rond ,
Aux échos de l'Achéron
Que nos chants fassent redire :
Il faut rire....
Il faut rire ,
Rire et toujours rire.

Que l'infernal , souverain
Brisant son sceptre d'airain ,
Avec nous chante en délire ;
Il faut rire....
Il faut rire ,
Rire et toujours rire.

Par cet exemple entraînés,
Que les diables aux damnés
Disent : C'est trop long-tems frire ;
  Il faut rire....
  Il faut rire,
 Rire et toujours rire.

Qu'enfin de l'enfer au ciel,
Un chorus universel
Crie à tout ce qui respire :
  Il faut rire....
  Il faut rire,
 Rire et toujours rire.

LES AMOURS DE GONESSE,

OU

V'LA C' QUE C'EST QUE L' SENTIMENT.

AIR : V'là c' que c'est qu' d'aller au bois.

A GONESSE un jour dans ses lacs,
L'Amour prit Thérèse et Colas :
Colas n' pouvait voir sa Thérèse
    Sans se pâmer d'aise,
    Et la p'tite niaise
Trouvait son grand Colas charmant :
    V'là c' que c'est que l' sentiment.

Ça leur coupa pendant un mois
L'appétit, l' sommeil et la voix ;
Quand ils s' voyaient, n'osant se dire
    L' sujet de leur martyre,
    Ils s' mettaient à rire,
Puis r'tournaient moudre leur froment :
    V'là c' que c'est que l' sentiment.

Mais comme l'amour nous étouff'rait,
Si queuqu' jour il ne transpirait,
Colás d' sa belle un soir s'approche ,
 Lui lâche un' taloche ;
 Thérès' lui décoche
Un grand soufflet.... bien tendrement :
V'là c' que c'est que l' sentiment.

Après un aveu si flatteur ,
On sent qu' la goutte est de rigueur.
Thérès' , dont l'œil d'amour pétille ,
 Accepte du drille
 Roquill' sur roquille ;
Puis tout d' son long tomb' sans mouv'ment:
 V'là c' que c'est que l'sentiment.

Les bras pendans , sur c' coup Colas
Reste droit comme un échalas :
Mais quand on a bu plus d'un verre ,
 Qu' sa belle est à terre ,
 Et qu'on n'y voit guère ,
On n' peut répondre du moment :
 V'là c' que c'est que l' sentiment.

On s'aperçoit au bout d' queuqu' mois
Que l'corset n' va plus comme aut' fois :
Frère , oncle , tante , père et mère

     ★

Ecument d' colère,
Et d' la téméraire
Veulent s' venger en l'assommant :
V'là c'que c'est que l' sentiment.

Thérèse, enfin poussée à bout,
Et préférant Colas à tout,
Dit tout haut : je m' moque d' mon père,
Je m' moque d' ma mère,
D' ma famille entière ;
J' n'aime et n'aim'rai que mon amant :
V'là c' que c'est que l' sentiment.

Sur ces mots, on la met sous clé ;
Et l' pauvre Colas désolé,
Pour adoucir un coup si traître,
La nuit, sans paraître,
S'en vient sous sa f'nêtre
Crier, jurer comme un All'mand :
V'là c' que c'est que l' sentiment.

Thérèse, aux cris d' l'infortuné,
Saut' par la f'nêtre et tomb' sur l' né :
Son sang jaillit comme d'un' fontaine ;
Elle y pense à peine ;
Gn'y a pas d' né qui tienne
Quand il s'agit d'un enlèv'ment :
V'là c' que c'est que l' sentiment.

Vîte ils s'en vont chez m'sieur l'curé ;
Colas lui dit tout effaré :
Mamselle et moi, v'nons côte à côte
 Vous dir' qu' par ma faute,
 Par ma très-grand' faute
All' s'ra mère avant l' sacrement....
 V'là c'que c'est que l'sentiment.

L' curé leur fait un beau sermon
Au sujet d' l'œuvre du démon.
Tout çà , dit Thérèse , est d' l'eau claire ;
 Dans l'instant , mon père ,
 Il s'agit de faire
Notr' mariage ou notr' enterr'ment.
 V'là c' que c'est que l' sentiment.

L' curé dit qu'il n' peut les unir,
Si leurs parens n' viennent les bénir.
L' bouillant Colas qu' ce r'fus poignarde,
 Du suiss' prend l'hal'barde ;
 On crie : à la garde !....
Thérèse accouche d' saisissement :
 V'là c' que c'est que l' sentiment.

Chez m'sieur l' maire on a bentôt m'né
Colas , Thérèse et l' nouveau né.
Thérès' lui cont' sa peine amère ,

Lui dit : Vous êtes maire ;
Nach'vez pas un' mère
Qu'a fait ce qu' l'on fait en aimant :
V'là c' que c'est que l' sentiment.

A c'te voix l'cœur du maire s' fend ;
Il dit : Faut un père à c't enfant :
Puisqu' vous avez fait la sottise,
   Qu' voulez-vous que j' dise ?
   Dimanche à l'église
Vous s'rez mariés conjugal'ment :
V'là c' que c'est que l' sentiment.

De plaisir tous deux à ces mots
Se mettent à pleurer comm' des veaux ;
Et moi-même qui vous l' raconte,
   Je l' dis à ma honte,
   Je m' sens pour mon compte
Prêt à pleurer d'attendriss'ment :
V'là c' que c'est que l' sentiment.

ENCORE UN' CHANSON A FAIRE,

VAUDEVILLE.

Air : Encore un cart'ron , Claudine.

Je voudrais bien me taire,
Je le dis sans façon ;
Mais je suis tributaire,
Et vous dois ma rançon :
Encore un' chanson
A faire ,
Encore un' chanson !

Est-il, j'en désespère,
Après Panard, Piron,
Et maint autre confrère
Dont vous savez le nom,
Encore un' chanson, etc.

Mais quel rayon m'éclaire ?
Je vois un avorton
Oser juger Molière
Sans duvet au menton !

Encore un' chanson, etc.

Et ce sexagénaire,
Antique papillon,
Qui, quatre fois grand-père,
Se donne pour garçon !

Encore un' chanson, etc.

Et ce folliculaire
Qui croit, petit Fréron,
Pouvoir tuer Voltaire
Avec un feuilleton !

Encore un' chanson, etc.

Et l'écrivain sévère
Ne rêvant que prison,
Eclair, spectre, tonnerre,
Poignard, flamme, poison !

Encore un' chanson, etc.

Et l'auteur éphémère
Qui, le jour du frisson,
Achète son parterre
Pour mieux avoir raison !

 Encore un' chanson, etc.

Et ce visionnaire
Qui, coulant tout à fond,
Brûle une flotte entière,
Et chez lui se morfond !

 Encore un' chanson, etc.

Et l'époux débonnaire
Qui cède son tendron
Pour que son ordinaire
A l'avenir soit bon !

 Encore un' chanson,

Grâce au dieu de Cythère,
Aux docteurs, aux gascons,
Au fat, au plagiaire,
Dans cent ans nous aurons

 Encore des chansons, etc.

Que la faux meurtrière
Me mène chez Caron ;
Je veux , armé d'un verre ,
Avoir sur l'Achéron
Encore un' chanson
A faire ,
Encore un' chanson.

~~~~~~

LES PLAISIRS DU DIMANCHE.

AIR : Nous n'avons qu'un tems à vivre.

Vive, vive le dimanche !
Vieil enfant du Carnaval,
De la gaîté vive et franche
Ce beau jour donne le signal.

Jeunes et vieux de leur demeure
S'empressent de déloger,
Et le même instant sonne l'heure
De la messe et du berger.

Vive, etc.

Réunis en grande famille,
Ce jour-là nos bons lurons
Vont chanceler à la Courtille,
Et tomber aux Porcherons.

Vive, etc.

5

Javotte, désertant la halle,
   Court étaler à Clichi
Son déshabillé de percale,
   Que la veille elle a blanchi.

   Vive, etc.

L'ouvrier promène sa femme
   Du Bon Coin au Soleil d'Or,
Du Soleil d'Or au mélodrame,
   Où le couple heureux s'endort.

   Vive, etc.

Le laquais, dédaignant sa veste,
   Se déguise en habit neuf;
Et l'homme de bien, plus modeste,
   Brosse son habit d'Elbeuf.

   Vive, etc.

Le marchand, muni d'une assiette
   Et d'un petit vin nouveau,
Pour déjeûner à la Muette,
   Porte une langue de veau.

   Vive, etc.

A l'église on-voit la grisette
  Prier Dieu bien saintement
Pour que le beau tems lui permette
  D'aller trouver son amant.

   Vive, etc.

Le commis au tendron qu'il aime
  Dépêche un billet galant ;
Et l'écolier fait de son thême
  L'oreille d'un cerf-volant.

  Vive, etc.

A chaque porte de la ville
  Le chagrin est consigné,
Et le débiteur plus tranquille
  Ne craint pas d'être assigné.

  Vive, etc.

Si quelquefois l'ennui conspire
  Contre un désordre aussi beau,
Un refrain combat son empire,
  Et le vin est son tombeau.

  Vive, etc.

~~~~~~

LE TRAIN DU MONDE,

VAUDEVILLE MORAL.

Air du curé de Pompone.

Amis , je ne sais quel frisson
  Vient de saisir ma muse,
Et je crains bien que ma chanson
  N'ait rien qui vous amuse.
Mais tout n'est-il pas inégal
  Sur la machine ronde ?
  Tantôt bien , tantôt mal , }
    Au total.... } *Bis en chœu*
  Voilà le train du monde. }

S'agit-il d'un emploi brillant
  Dont l'utile exercice
Exige probité , talent ,
  Humanité , justice ,
En vain qui le méritera
  Sur son bon droit se fonde ;
  C'est celui qui paîra
    Qui l'aura...
  Voilà le train du monde.

Fille de parens malheureux,
   Lucile est vertueuse ;
De Laure, qu'on cite en tous lieux,
   La vie est scandaleuse.
Lucile est en butte aux caquets,
   Sa misère est profonde...
   Laure a chevaux, jockeys
      Et laquais...
   Voilà le train du monde.

J'avais des amis sans parens,
   Sans place et sans fortune ;
A chacun d'eux, depuis long-tems,
   Ma bourse était commune.
Pour eux le sort a varié ;
   Dans leurs mains l'or abonde,
   Et tous m'ont sans pitié
      Renié...
   Voilà le train du monde.

Que d'Hortense on touche la main,
   Son teint se décompose ;
Sur sa joue on voit le carmin
   Succéder à la rose.
Epousez, amant fasciné,

*

Cette agnès pudibonde,
Et vous serez mené
Par le né...
Voilà le train du monde.

Un chef-d'œuvre attire aujourd'hui
Une foule idolâtre ;
Cet ouvrage est déjà l'appui ,
La gloire du théâtre.
L'acteur, sous les lauriers plié ,
Eclabousse à la ronde ;
Et l'auteur oublié
Trotte à pié...
Voilà le train du monde.

A son cher mari , l'autre jour,
Ursule offre l'hommage
D'un beau garçou, fruit de l'amour
Plus que du mariage.
L'époux , fier du don que lui fait
Cette mère féconde ,
Croit y voir trait pour trait
Son portrait...
Voilà le train du monde.

Le sot va contant ses hauts faits ,
Le fat son épigramme,

Le courtier maudissant la paix ;
　　Et le mari sa femme,
Le buveur bronchant et chantant
　　La liqueur rubiconde ,
　　Le médecin purgeant
　　　　Et tuant…
　　Voilà le train du monde.

Mais pour nous , amis , qu'ici-bas
　　Nul chagrin ne menace ,
Étourdissons de nos ébats
　　Cythère et le Parnasse ;
Poursuivant la nuit à tâtons
　　Et la brune et la blonde ,
　　Rimons , buvons , sautons
　　　　Et chantons :
　　Voilà le train du monde.

STANCES

SUR LA MORT DE P. LAUJON.

Air : C'est à mon maître en l'art de plaire.

Le philosophe de la Grèce,
L'aimable et tendre Anacréon,
Aux préceptes de la sagesse
Du plaisir unit la leçon.
Toujours à l'abri de l'envie,
Autant aimé qu'il sut chérir,
Anacréon perdit la vie...
Laujon, Laujon devait mourir.

Epicure, notre modèle,
Le chantre de la volupté,
De Bacchus l'apôtre fidèle,
L'amant constant de la gaîté ;
A son flacon, à son amie,
Adressant son dernier soupir,
Epicure perdit la vie...
Laujon, Laujon devait mourir.

Piron, dont la muse légère
Nous laisse un souvenir si doux ;
Piron, dont l'ombre toujours chère,
Plane encore ici parmi nous ;
Après avoir vu de Thalie
Sur son front le laurier fleurir,
Piron, hélas, perdit la vie,...
Laujon, Laujon devait mourir.

Favart, dont les vers pleins de charmes
Joignaient la grâce à l'enjoûment ;
Collé, qui fis couler les larmes
Du plaisir et du sentiment ;
Et toi, Panard, dont la folie
Si souvent a su les tarir ;
N'avez-vous pas perdu la vie ?...
Laujon, Laujon devait mourir.

~~~~~~

MA VIE ÉPICURIENNE.

Air de chasse de l'opéra du *Roi et le Fermier*.

LE jour,
Chantant l'amour,
Et souvent le faisant sans bruit
La nuit;
Des yeux
Où noirs ou bleus
Je fus toujours également
Amant;
Content
Et bien portant,
Lorsque ma bourse est aux abois,
Je bois :
J'espère que c'est bien,
Heim ?
Agir en épicurien.

Je fuis,
Tant que je puis,
Des sots, des méchans les travers
Divers;

Je plains
Les gens enclins
A croire que, sur terre, rien
N'est bien;
Par goût,
Content de tout,
Le monde, ma foi, tel qu'il est,
Me plaît.
J'espère que c'est bien,
Heim ?
Penser en épicurien.

Combien
De *gens de bien*,
Par l'intrigue, ont eu des wiskis
Acquis !
Leur nom
Est en renom ;
Mais, en secret, ils sont haïs,
Trahis.
Joyeux,
Moi, j'aime mieux
Presser le bras de l'amitié
A pié !
J'espère que c'est bien,
Heim ?
Sentir en épicurien.

Quand , par
Un grand-hasard ,
Je sens , hélas ! mon appétit
Petit ,
En vain
Mon médecin
Dit que je ne puis sans danger
Manger ;
Jamais,
Lui dis-je , un mets
N'a surpris encore ma dent
Boudant...
J'espère que c'est bien ;
Heim ?
Parler en épicurien.

Garçons,
Jeunes tendrons
Qu'Amour l'un pour l'autre a formés,
Aimez...
Il faut,
Puisque bientôt
Vos beaux jours vont s'évanouir,
Jouir...
Ce fut
Toujours mon but;

Ce fut, ce sera toujours mon
Sermon :
J'espère que c'est bien,
Heim ?
Prêcher en épicurien.

Un sot
Au moindre mot
Souvent vous envoie un cartel
Mortel ;
Mais fi
D'un tel défi !
Moi, j'ai pour toute arme un foret
Tout prêt...
Ma main
Perce, et soudain
Nous nageons dans les flots d'un vin
Divin....
J'espère que c'est bien,
Heim ?
Se battre en épicurien.

Loyal,
Toujours égal,
Je ne fus jamais à demi
Ami.

6

A 'qui

M'aime aujourd'hui

Puis-je être utile ? à son secours

Je cours :

Mon bien

Devient le sien ;

Je veux enfin qu'on soit chez moi

Chez soi...

J'espère que c'est bien,

Heim ?

Aimer en épicurien.

On voit

Sous l'humble toit,

Où voulut me placer le Sort,

D'abord

Un chien,

Mon seul gardien,

Une table, un banc, puis après,

Tout près,

Un lit

Simple et petit,

Qui peut, au besoin, faire deux

Heureux.

J'espère que c'est bien,

Heim ?

Loger en épicurien.

Aucun,
Trouble importun
N'altère de mes heureux jours
Le cours.
Tout voir
Sans m'émouvoir
Fut toujours la suprême loi
Pour moi.
J'attends
La faux du Tems ;
Mais je ne l'attends, morbleu ! qu'en
Trinquant.
J'espère que c'est bien,
Heim ?
Vieillir en épicurien.

Enfin,
Jusqu'à ma fin,
Aimant, riant, buvant, sautant,
Chantant,
Je veux
Voir mes cheveux
Et de pampre et de myrte verts
Couverts.
Je veux
Que mes neveux

Disent : Il ne recula pas
D'un pas...
J'espère que c'est bien ,
Heim ?
Mourir en épicurien.

TOUT LE MONDE SAIT ÇA.

AIR : Pierrot, sur le bord d'un ruisseau.

QUEL air choisir, et sur cet air
　　Quels couplets faire
　　Pour vous satisfaire ?
Dirai-je qu'il gèle en hiver,
Et qu'en été tout arbre est vert ?
Dirai-je que l'homme sur terre
Dans tous les tems aimera, peuplera ?
　　　　Belle
　　　　Nouvelle,
　　　　Oui-dà,
　　　　Que voilà !...,
　　　　Ha ! ha
　　Tout le monde sait ça.

Dirai-je qu'au siècle présent
　　Nos tragédies
　　Sont des rapsodies ?
Que le drame est assoupissant ?
Le vaudeville étourdissant ?

★

Que l'on pleure à nos comédies ?
Et que souvent on bâille à l'Opéra ?
Belle
Nouvelle,
Oui-dà,
Que voilà !...
Ha! ha!
Tout le monde sait ça.

Dirai-je que du bon Scarron,
Momus regrette
La gaîté parfaite ?
Ou que les plaisirs dans Piron
Ont perdu leur joyeux patron ?
Dirai-je que la chansonnette,
Grâce à Panard, à Favart, s'illustra ?
Belle
Nouvelle,
Oui-dà,
Que voilà !...
Ha! ha!
Tout le monde sait ça.

Dirai-je que l'hiver dernier
Ce gros visage
Qui roule équipage,
Était simple palefrenier,

Et jeûnait dans un noir grenier ?
Que sa moitié, modeste et sage,
Est caressante, aimante, *et cœtera...*
  Belle
  Nouvelle,
  Oui-dà,
  Que voilà !...
  Ha ! ha !
Tout le monde sait ça.

Dirai-je que toujours *Fleury*
  Captive, entraîne,
  Et charme la scène ?
Que de *Mars* le talent chéri
Toujours parle au cœur attendri ?
Dirai-je que de Melpomène
Le sceptre auguste est aux mains de *Talma* ?
  Belle
  Nouvelle,
  Oui-dà,
  Que voilà !...
  Ha ! ha !
Tout le monde sait ça.

Dirai-je que telle beauté,
  Dont le sourire
  Tout bas nous attire,
A ce matin même acheté

Cet éclat dont l'œil est flatté ?
Que de son sein que l'on admire
Le doux contour se soir-se détendra ?
Belle
Nouvelle,
Oui-dà,
Que voilà !...
Ha ! ha !
Tout le monde sait ça.

Dirai-je enfin... eh ! pourquoi non ?
Quelle trouvaille !
Oui, vaille que vaille,
Disons que je suis un luron
Bien gai, bien gras, bien franc, bien rond,
Grand partisan de la futaille,
Qui but, qui boit, et qui toujours boira
Belle
Nouvelle,
Oui-dà,
Que voilà !...
Ha ! ha !
Tout le monde sait ça.

Disons donc, s'il faut du nouveau,
Que je suis maigre,
Que le miel est aigre,
Que le vin est moins bon que l'eau,

Que rien n'est gai comme un tombeau,
Qu'il n'est rien d'aussi blanc qu'un nègre,
Et pour le coup peut-être on s'écrira :
  Quelle
  Nouvelle,
  Oui-dà,
  Est cela ?
  Ha ! ha !
Nous ne savions pas ça.

~~~~~~

CONSOLATIONS DE LA VIEILLESSE.

Air du pas des trois Cousines (*dans la Dansomanie.*)

Quand des ans la fleur printanière
S'effeuille sous les doigts du Tems,
Poursuivons gaîment la carrière;
Un bel hiver vaut un printems.
Pour moi, l'impitoyable horloge
A soixante fois retenti;
Mais s'il faut que l'Amour déloge,
Momus n'est pas encor parti.

C'est au soir des belles journées
Que l'amant brûle de désirs,
Et de même au soir des années
L'homme goûte encor des plaisirs.
Quand, etc.

J'aimais les couleurs de Rosine,
J'aime les couleurs du raisin;
Je trinquais avec ma voisine,
Je m'enivre avec mon voisin.
Quand, etc.

Chez moi plus de tendres missives ;
Mais lorsque je veux rajeûnir,
Je relis mes vieilles archives,
Et j'y retrouve un souvenir.

Quand, etc.

Au sopha, trône des caresses,
Succède un couvert toujours mis ;
Aux baisers de jeunes maîtresses,
La gaîté de bons vieux amis.

Quand, etc.

A ma voix, ma jument normande
Ne lutte plus avec le vent ;
Mais Pégase, que je gourmande,
Me désarçonne encor souvent.

Quand, etc.

Sur le galoubet en cadence,
J'aime parfois à m'exercer,
Et j'ai du moins, si je ne danse,
Le plaisir de faire danser.

Quand, etc.

Si je bronche en suivant des belles,
Chloé rit, et me montre au doigt ;
Mais sa mère eut de mes nouvelles,
Et sait bien que je marchais droit.

Quand, etc.

Si mon luth, sous ma main tremblante,
Ne produit plus que de vains sons,
De ma fille la voix naissante
Rajeûnit mes vieilles chansons.

Quand, etc.

Hier, voulant tenter une intrigue,
Tout à coup ma force expira ;
De ce soufflet, nouveau Rodrigue,
C'est mon fils qui me vengera.

Quand, etc.

Sachons donc de la destinée
Sous les fleurs amortir les coups,
Et qu'à leur soixantième année
Nos enfans chantent comme nous.
Quand, etc.

COUPLETS

Sur le mariage de S. M. l'Empereur
et Roi avec l'Archiduchesse d'Autriche Marie-Louise.

Air : Bon, bon, mariez-vous.

Gai, gaï, mariez-vous,
Enfans d'Autriche et de France,
Gai, gai, mariez-vous,
Plus de distance
Entre nous.

Faisons-en cet heureux jour
Où chacun de vous est frère ;
Aux feux bruyans de la guerre
Succéder ceux de l'amour.

Gai, gai, etc.

Au héros partout vainqueur,
L'hymen vient d'ouvrir son temple ;
Suivons tour à tour l'exemple
De son bras et de son cœur.

Gai, gai, etc.

7

La reine du fier Germain,
Qui désormais est la nôtre,
Va passer d'un trône à l'autre,
Semons de fleurs son chemin.

    Gai, gai, etc.

Quand aux vertus, aux talens
C'est la gloire qui la donne,
Quel éclat a la couronne
Sur un front de dix-huit ans !

    Gai, gai, gai, etc.

Deux chefs, sous leurs douces lois
Tiennent notre ame enchaînée ;
Puisse la fin de l'année
A nos vœux en offrir trois !

    Gai, gai, etc.

On sait que, sans rejeton,
La rose est l'orgueil de Flore ;
Mais on aime mieux encore
La rose unie au bouton.

    Gai, gai, etc.

Puissent enfin, dans cent ans ,
Bénissant leurs nœuds prospères,
Nos petits-enfans , grands-pères,
Répéter à leurs enfans :

Gai, gai, mariez-vous,
Enfans d'Autriche et de France ,
Gai, gai, mariez-vous,
Plus de distance
Entre nous !

CHANSON POISSARDE

SUR LE MÊME SUJET.

Air : Bon voyage, cher Dumolet.

Ah ! queu fête
Pour les Français !
Sur mon honneur, j'crois qu'j'en perdrai la tête !
Ah ! queu fête
Pour les Français,
Et queu déchet pour messieux les Anglais !

Viens-t'en Fanchon, viens-t'en vite aux Tuil'ries,
L'concert commence, et j'n'y somm' pas encor !
Ah ! pour chanter leux Majestés chéries,
Cœurs, instrumens, tout est bientôt d'accord.

Ah ! queu fête, etc.

Tiens, entends-tu dans les Champs-Elysées
L'canon qui s'mêle aux chants des violoneux ?
Vois ces lampions, ces bouquets, ces fusées,
Et c'te gaîté qui vaut encor ben mieux.

Ah ! queu fête, etc.

C'est pour le coup qu'avec vos airs despotes,
Vos bateaux plats et vos visag' idem,
Quand c'te nouvelle arriv'ra sur vos flottes,
Pauvres milords, vous crîrez tous : Goddem !

Ah ! queu fête, etc.

Ç'n'est qu' pournot' bien que l'sauveur de la France
Vient d'épouser la fille d' son cousin ;
Car on sait ben qu' pour défend' sa puissance,
NAPOLÉON n' va pas chercher l'voisin.

Ah ! queu fête, etc.

Dis-donc, Fanchon, v'là long-tems que d' ma flamme
Tu m'a promis d' récompenser l'ardeur ;
Faut qu'aujourd'hui tu deviennes ma femme,
Un jour comm' ça, ça doit porter bonheur.

Ah ! queu fête, etc.

J'sais que l' grand jour qui mari' deux couronnes
N' peut pas couv'nir à d'pauvres ouvriers,
Mais il f'ra ben l'bonheur de deux personnes,
Puisqu'il fait c'lui de deux peuples entiers.

Ah ! queu fête, etc.

★

J'aurons d's'enfans, l'Emp'reur en aura d'même,
Il leur dira, les mod'lant sur son cœur :
« Faites l' bonheur d'un peuple qui vous aime.»
J' dirons aux nôt' : Aimez·vot' bienfaiteur.

Ah ! queu fête
Pour les Français !
Sur mon honneur, j' crois qu' j' en perdrai la tête
Ah ! quéu fête
Pour les Français !
Et queu déchet pour messieux les Anglais !

~~~~~~

COUPLETS.

Chantés pour l'installation de M. DARTIGUES, propriétaire de la Verrerie de Voneiche, dans sa maison de la rue du Mont-Blanc.

AIR : Vive le vin, vive l'Amour.

C'EST dans la rue
   Du Mont-Blanc
Que loge un garçon jeune et franc
Dont l'amitié nous est connue.
  Dans sa maison toujours pourvue,
  On voit renaître à volonté
  Et le plaisir qu'on a goûté,
  Et la liqueur que l'on a bue.

   L'heureux commerce
   Du gaillard
Fournit même avec le nectar
Le vase où notre main le verse.

Et, grâces à l'état qu'exerce
Ce bon buveur, ce franc luron,
Plus d'un tonneau, plus d'un tendron
S'est tour-à-tour vu mettre en perce.

Cet ami tendre
Pend chez lui
Une crémaillère aujourd'hui :
Chez lui hâtons-nous de nous rendre ;
Car pour fripons dût-on nous prendre,
Chers compagnons, sans contredit,
Quand de crémaillère il s'agit,
Nous sommes tous des gens à pendre.

Ici je brave
Le chagrin,
Les ennuis, la soif et la faim
Dont l'espèce humaine est esclave.
Ici le Plaisir, sans entrave,
Trouve pour combler son espoir,
Chambre à coucher, sallon, boudoir,
Salle à manger, cuisine et cave.

~~~~~~

BIEN FORT ET TOUT DOUCEMENT.

AIR : Je suis fille d'un conseiller.

VIEUX galans, qui craignez d'apprendre
  Quel est votre sort ,
Voulez-vous ne jamais surprendre
    Vos belles en tort ?
Quand vous rentrez, frappez (ter) bien fort ;
L'amant s'échappe sans esclandre ,
Et sans soupçon votre œil s'endort.

Amans qui , près de votre belle ,
  Guettez le moment ,
Quand l'époux ronfle à côté d'elle
    Conjugalement ,
Il faut frapper tout dou (ter) cement ;
Qui rend une femme infidèle ,
Doit le faire au moins décemment.

Maris , que votre femme somme
  De céder d'abord ,
Et de reconnaître que l'homme
    N'est pas le plus fort ,

Sans hésiter, frappez (*ter*) bien fort ;
Dans les ménages, voilà comme
On finit par être d'accord.

Vous, dont les marteaux en cadence
   Tombent lourdement,
Bons artisans, quand l'indigence
   Sommeille un moment,
Il faut frapper tout dou (*ter*) cement ;
L'infortuné sans espérance
Ne peut être heureux qu'en dormant.

Auprès des grands de qui nous viennent
   Bon et mauvais sort,
Voulez-vous que vos vœux obtiennent
   Un facile abord ?
Solliciteurs, frappez (*ter*) bien fort.
Les importuns toujours parviennent,
Et les honteux ont toujours tort.

Vous que d'un fils alarme et blesse
   Le déréglement,
Si vous voulez qu'il reconnaisse
   Son aveuglement,
Parens, frappez tout dou (*ter*) cement.
La rigueur fait fuir la tendresse,
Et la douceur est un aimant.

Justes lois, faites pour proscrire
  Les cœurs sans remord,
Toujours du méchant qui conspire
  Réprimez l'essor,
Et sans pitié frappez (*ter*) bien fort.
Les méchans empêchent de rire,
Et qui ne peut-pas rire est mort.

Huissiers, sergens, race maussade,
  Qui journellement
Venez assiéger par brigade
  Mon appartement,
Frappez chez moi tout dou (*ter*) cement ;
Sans argent je suis bien malade,
J'ai besoin de ménagement.

Mais vous qui venez de bonne heure
  M'apporter de l'or,
Dût-il, messieurs, dans ma demeure
  Faire nuit encor,
Frappez toujours, frappez (*ter*) bien fort.
Ma santé me semble meilleure
Quand on remplit mon coffre-fort.

Vous qui, possédant de la cave
  Le département,
Bouchez Bordeaux, Tonnerre et Grave
  Hermétiquement,

Valets , frappèz tout dou *(ter)* cemeut,
Pour que le liége , sans entrave ,
Cède et vole plus aisément.

J'ai terminé ma chansonnette ,
   Et non sans effort ;
Mais, est-elle bien où mal faite ?
   Je l'ignore encor.
Des mains , amis , frappez *(ter)* bien fort;
Je dirai, l'ame satisfaite :
Grace au ciel , j'arrive à bon port.

COUPLETS

Sur le mariage d'un jeune Médecin.

Air du vaudeville d'Arlequin Musard.

A LA MARIÉE.

Enfin d'un heureux hyménée
Tu viens donc de serrer les nœuds ;
Lucile, te voir fortunée
Est le plus doux de tous mes vœux.
Ton époux avait la main sûre
Le jour qu'à ton cœur il frappa ;
Mais, amant, s'il fit la blessure,
Médecin, il la guérira.

AU MARIÉ.

Aux saints devoirs de votre chaîne,
Soumettez-vous, jeune mari.
Toujours sans murmure et sans peine
D'hymen comblez le vœu chéri.
Réparant, grâce à votre amie,
Des torts trop souvent répétés,
Epoux, sachez donner la vie
Que, médecin, vous nous ôtez.

~~~~~~

VIᵉ SOIRÉE DE CADET BUTEUX

A la repiésentation des *Deux Gendres.*

Air du vaudeville de *M.-Guillaume.*

DE d'puis long-tems j'avions l' cœur tout en
    cendres
Pour les appas d'mamsell' Manon Giroux;
   Nous v'là fiancés... J'lis : *les Deux Gendres*
   J'me dis : Gna queuqu' mariag' là-d'sous.(*bis*)
Faut, pour aller voir c'te pièce nouvelle,
   Nous mett' sur un pied z'élégant;
J'sis au moment d'avoir la main d'ma belle,
   Et ça m'va comme un gant. (*ter.*)

    AIR : Lison dormait dans un bocage.

L'jour qu'il maria ses deux filles,
Un bon papa, comme un nigaud,
A ses deux gendres, mauvais drilles,
S'avisit d'donner son magot :
Chacun des fils, en bon apôtre,
A bais' main reçut son argent,

Et l'indigent
S'en va logeant
Six mois chez l'un, six mois chez l'autre,
Se doutant bien
Qu'par ce moyen
Son loyer ne lui coût'ra rien.

Air du vaudeville du ballet des Pierrots.

Faut que j'vous dise des deux gendres
Les caractèr's et les états ;
D'abord les cailloux sont plus tendres
Qu'les cœurs de ces maudits r'négats :
L'un, tranchant d' l'homme d'importance,
En eau d'boudin mange son bien ;
L'autre, au comité d'bienfaisance,
Reçoit son père comme un chien.

AIR : Bonsoir la compagnie.

Forcé d'changer d'séjour,
Au premier jour
De l'échéance,
De chez l'fils bienfaisant,
L'papa se rend
Chez l'important,
Qui, pour tout compliment,
Lui dit ben poliment :

« J'attends un' compagnie

» Honnête et bien choisie ;

» Je n' peux pas vous r'cevoir ;

» Jusqu'au revoir,

» Bonsoir. »

Air : Mon père était pot.

A c'mot, le papa mystifié,

Tout interdit s'arrête,

N'sachant le jour où mettre l'pié ,

La nuit où mett' la tête.

N'est-il pas cruel

Pour l'cœur paternel

D'un père qui vous aime ,

De s'dire tout bas :

Je n'dînerai pas ,

Et je m'couch'rai de d'même.

Air : On doit soixante mille francs.

Le v'là dans la rue installé ,

Et sans l'sou joliment callé...

C'est ce qui le désole ; (bis.)

Mais un ancien ami d'Bordeaux

Lui tomb' là comme un à-propos...

C'est ce qui le console. (bis.)

Air : Regards vifs et joli maintien.

L'papa lui cont' son embarras.
« Hélas ! d' queuq' côté que j'me r'tourne,
Dit-il en l'serrant dans ses bras ,
Je vois la ville de Livourne. »
L'Bordelais le traite de fou ,
Et lui dit tout net qu'un beau-père
Qui s'met comm' ça la corde au cou,
Et donn' jusqu'à son dernier sou ,
N'a pas pour deux liards (*bis*) d'caractère.

Air : Un Chanoine de l'Auxerrois.

Mais comm' l'instant de déjeûner
N'est pas l'instant de sarmoner,
  C'qu'aisément on peut croire ,
L'Bordelais lui dit : « V'là mon wisky ;
» Viens-t'en , mon vieux , viens, et mont'-zy,
  » J'voulons venger ta gloire... »
L'papa saisit la balle au bond ,
Ben sûr qu'en fait d'vin et d'jambon,
    Eh ! bon, bon, bon ,
    L'Bord'lais a du bon
  A manger comme à boire.

L'déjeûner fait, « Ça, dit l'ami,
» Voyant l'barbon plus raffermi,
» Ça n'est pas tout qu'boire et manger,
» Du tour qu'on t'joue il faut t'venger.
    » Et c'est d'l'écrire en tout pays
» Par la p'tit' poste de Paris. »

Air de la Chasse du Roi et le Fermier.

    C'est dit ;
    V'là qu'il écrit,
Et bentôt d'la ville à la cour
    Ça court.
    De c'bruit
    L'ministre instruit
Contr' les gendr', en est d'autant mieux
    Furieux,
    Que l'cœur
    De c'bon seigneur
Mitonnait pour l'un d'ces mauvais
    Sujets
    Un ministèr' vacant,
    Quand
On vint lui dire l' cancan.

AIR : Nous nous marierons dimanche.

L'vaniteux tremblant,
Pour en sortir blanc
Fait tout r' tomber sur son frère.
   «Paix ! lui jette au né
   »L' ministre indigné,
»Chasser ainsi son beau-père !
   »Vous étiez d' mes
   »Protégés, mais
   »J' vous r'tranche ;
   »J' vous avais cru
   »Jusqu'à c' jour u~
   »Ne ame franche....
   »Vot' pèr' vous maudit !
   »D'après c' que ça m' dit,
»Vous serez placés dimanche. »

Air du pas redoublé.

«J' vois pourtant encore un moyen
   »D'arranger votre affaire....
»A c'soir , j'aurai grand cercle ; eh bien!
   »Am'nez-moi vot' beau-père.
»S'il n' vient pas, comm' lui j' vous r'nîrai,
   »Voyez, que vous en semble ?
»Si vous v'nez tous deux , je verrai
   Qu' vous êtes bien ensemble. »

Air du vaudeville de Lasthénie.

L' fils bienfaisant qui sait comm' quoi,
Si jamais son frère est ministre,
Il s'ra toujours, en cas d'emploi,
L' premier en tête d'son registre,
Court aussi caliner l' bon vieux,
Qui, les voyant changer d' manière,
Pour n'êt' pas en reste avec eux,
Chang' tout-à-coup de caractère.

AIR : Tenez, moi je suis un bon homme.

« Me prenez-vous pour un' ganache,
Leur dit l' papa, fier comme un paon ?
» Je m' moque d' vous, d' vous je m' détache,
» Et c' n'est plus d' vous qu' mon sort dépend.
» Tout c' biau repentir, t'nez, ça fait brosse,
» Et vous n' me dit' ces bell' chos'-là
» Qu' parc' qu'on m'a vu dans un carosse ;
» On n' me fait pas aller comme ça.

AIR : Aussitôt que la lumière.

« Vous n'épous'riez plus not' fille,
» Si c' n'était pas fait déjà ;
» Vous rougissez d' not' famille....
— « Non, qu'il dit, z'et preuve d'ça,

» Quittez c't air sombre et sinistre ;
» Rasez-vous ben , c'est vot' jour ,
» Et j' vous présentë au ministre
» A la barbe d' tout' la cour. »

Air : Dans la vigne à Claudine.

— « Encore un' mauvais' niche
» Qu' vous voulez m' faire là ;
» Mais j' dis: pas si godiche...
» J' vous connais trop pour ça :
» Vous êtes deux p'tits drôles. »
Et crac , sans plus d' façons ,
Il leur hauss' les épaules ,
Et leur montr' les talons. »

Air : Ce mouchoir , belle Raymonde.

A propos , bête que j' sommes ,
J' crois vraiment que jusqu'ici
J' navons parlé que des hommes...
Gn'a pourtant deux femme' aussi.
L'une est fraîche comm' la rose ,
Et jarni ! l'aut' la vaut bien...
Mais comme ell' n'dis' pas grand' chose ,
C'est o'qui fait que j' nen dis rien.

Air : A la façon de Barbari.

Pour en r'venir à nos moutons ,
   L'conseilleux du biau père,
S'en vient dire à l'homme aux grands tons:
   « Pour vous tirer d'affaire ,
« Suivez l' conseil d'un franc Gascon ,
   « La faridondaine , la faridondon.
» Et vous verrez qu' vous s'rez servi,
   » Biribi,
» A la façon de Barbari ,
   » Mon ami. »

Air : Tous les bourgeois de Châtres.

L' Bord'lais , fin comme l'ambre ,
   Sachant qu' l'autre vaurien
S'est caché dans un' chambre
   D'où c' qu'il ne perdra rien ,
Dit : « Tout l' bien que l' papa dans l' tems
   » vous a fait prendre ,
» J' sais qu' vous n' l'avez pas ménagé;
» Mais c' qui n'est pas encor mangé,
» J' vous conseille de l' rendre. »

Air : Sur l' port avec Manon un jour.

« Ça fait que d' la restitution
» Vot' frèr' n'ayant pas eu d' notion,

(» C'est vous qu'en aura tout'.la gloire ;

» Vot' père y s'ra sensible au point,

» Que j' réponds qu'il n'accept'ra point ;

» Puis à vot'.frère , à coups.d'.pied , à coups
        d' poing ,

» Il cass'ra la gueule èt.la mâchoire. »

AIR : Une fille est un oiseau.

Après ce p'tit entretien,

L' sournois sort de sa cachette ,

Content comme un chat qu'on fouette,

Et dans un' colèr'. d' chien.

« J' n'ai , dit-il , qu'un' chos' à faire

» C'ést. d' restituer au beau-père

» Avant qu' mon fripon de frère

» A sa porte n'aill' sonner...

» J' sais ben qu' c'est.dur de tout rendre ;

» Mais si l' papa n' doit pas l' prendre ,

» Qu'est-c' que j' risque de l' donner ? »

AIR : Rien n'était si joli qu'Adèle.

L'un après l'autre chaque frère
    S'en vient au papa
    Dir' son *meâ culpâ*...
« Vous qu'long-tems vot' bon cœur dupa,

C'est enfin l' jour

D' rir' à vot' tour.

V'là votre bien ,

J' n'en voulons rien ,

Jouissez-en, cher père ;

V'là votre bien ,

N' vous r'fusez rien ,

Et portez-vous bien.

AIR : Au clair de la lune.

— « Vraiment , dit l' beau-père ,

» Vous m' confusionnez ,

» Et j' vois , d' la manière

» Dont vous me l' donnez ,

» Qu' j'aurais beau m' défendre ,

» Il faudrait céder ,

» Et c' qu'est bon à prendre

» Est bon à garder. »

AIR : O, ciel ! est-il possible ?

O ciel ! ô ciel! c'est-y possible ?
Père dénaturé !

AIR : Grâce à la mode.

— « Vous v'nez de m' dire

» Qu' vous m' rendiez mon bien ;

» Quoiqu' je m' doutions bien

» Qu' c'était pour rire,

» Je l' prends pour de bon,

» Eh! allez donc. »

AIR : J'ons un curé patriote.

V'là là d'ssus la sall' qui crève

D'applaudiss'mens et d' bravos ;

Puis à chaque gendre qu'endêve

L' papa qui dit, f'sant le gros :

» J' vous tancerions encor bien,

» Mais puisqu' vous n'avez plus rien,

» Ça m' suffit ; (*bis.*)

» Faites-en votre profit. »

AIR : Aux soins que je prends de ma gloire.

Sur c' dernier mot la toile tombe,

Et je m'dis : l'auteur a ben fait ;

Il faut qu'un mauvais fils succombe

Chaqu' fois qu'il n'est pas bon sujet...

C'te pièc'-là prouv' que d' son biau-père

Il est juste qu'on soit l'appui,

Et que, n'eût-on rien sur la terre,

On doit l' partager avec lui.

9

LA PAUVRE LISE,

CHANSONNETTE MORALE.

Air : Non, tu ne l'auras pas, Nicolas.

Lise était un' fillette.
Ben pauvre et sans esprit ;
   Mais on dit
Qu'elle était gentillette,
Et v'là c' qu'un jour elle fit :
Chez un grand personnage
Elle s'en fut tristement
   Tout bonn'ment
D'mander un peu d'ouvrage,
Afin d' vivre honnêt'ment.

L' Monsieu voyant ses charmes,
Tout-à-coup s'attendrit
   Et lui dit :
« Ma p'tit', séchez vos larmes,
Vous m' plaisez, ça suffit :

Voyez-vous c't équipage,
Et c't or et ces bijoux,
  C'est pour vous ;
Laissez-là vot' village,
V'nez jouir d'un sort plus doux. »

« Mais m'sieu , répliqua Lise,
Dit'-moi donc, c' qu'il faudra
  Fair' pour ça ?... »
« Il n' faudra qu'êtr' soumise,
Et belle comme vous v'la. »
Gn'a pas d' filles que n' tente
Et que n' séduis' d'abord
  Un tel sort :
Aussi not' innocente
Consentit sans effort.

« Ah ! monsieur , lui dit-elle,
J' n'avons pas mérité
  Tant d' bonté,
Et toujours avec zèle
Je f'rons vot' volonté. »
Lis', d'après sa promesse,
Fit si ben tant qu'elle put
  C' qu'on voulut,
Qu' fraîcheur , gaîté , jeunesse,
Bientôt tout disparut.

Et pour prix d' ses services ,
Son maître un beau jour la
     Planta là.
Fillett' encor novices , -
C'te l'çon vous apprendra
Qu' fortun' peu méritée
Vous tomb' souvent d' la main
     L' lendemain ,
Et qu' voiture empruntée
Vous laiss' toujours en ch'min.

~~~~~~

LE PANPAN BACHIQUE.

Air : Repas en voyage.

Lorsque le Champagne
Fait en s'échappant
Pan , pan ,
Ce doux bruit me gagne
L'âme et le tympan.

Le Mâcon m'invite ,
Le Beaune m'agite ,
Le Bordeaux m'excite ,
Le Pomard me séduit ;
J'aime le Tonnerre ,
J'aime le Madère ;
Mais par caractère ,
Moi qui suis pour le bruit...

Lorsque le Champagne , etc.

Quand , aidé du pouce ,
Le liège , que pousse
L'écumante mousse ,

*

Saute et chasse l'ennui,
   Vîte je présente
   Ma coupe brûlante,
   Et gaîment je chante
En sautant avec lui :

   Lorsque le Champagne, etc.

   Qu'Horace en goguette,
   Courant la guinguette,
   Verse à sa grisette
Le Falerne si doux ;
   S'il eût, le cher homme,
   Connu Paris, comme
   Il connaissait Rome,
Il eût dit avec nous :

   Lorsque le Champagne, etc.

   Panard, notre maître,
   Dut au doux bien-être
   Que ce jus fait naître
Le sel de ses bons mots ;
   Et l'auteur unique
   Du Roman Comique
   Dut à ce topique
L'oubli de tous ses maux.

   Lorsque le Champagne, etc.

Maîtresse jolie
Perd de sa folie,
Se fane et s'oublie,
Victime des hivers ;
  Mais ma Champenoise,
  Grise comme ardoise,
  En est plus grivoise,
Et me dicte ces vers :

  Lorsque le Champagne, etc.

  De ce véhicule
  Où roule et circule
  Maint et maint globule,
Si le feu me séduit,
  C'est que de ma tête,
  Qu'aucun frein n'arrête,
  L'image parfaite
Toujours s'y reproduit.

  Lorsque le Champagne, etc.

  Quand de la folie
  La vive saillie
  S'arrête affaiblie
Vers la fin du banquet,
  Qui vient du délire
  Remonter la lyre ?

Du jus qui m'inspire
C'est le divin bouquet.

Lorsque le Champagne, etc.

Pour calmer la peine,
Adoucir la gêne,
Eteindre la haine
Et dissiper l'effroi,
　　Que faut-il donc faire ?
　　Sabler à plein verre
　　Ce jus tutélaire,
Et chanter avec moi :

Lorsque le Champagne
Fait en s'échappant
　　　Pan, pan,
Ce doux bruit me gagne
L'âme et le tympan.

~~~~~~

VAUDEVILLE

E L'HEUREUSE GAGEURE,

DIVERTISSEMENT EN VERS,

l'occasion de la naissance de S. M. le Roi
de Rome,

eprésenté sur le Théâtre-Français, le 25
mars 1811.

AIR : Ce magistrat irréprochable.

HYPPOLITE (*M. Armand*).

ILLUSTRE fils de la Victoire,
Reçois notre encens et nos vœux ;
Tu seras l'amour et la gloire
De ton siècle et de nos neveux. (*bis.*)
Déjà, bénissant ta naissance,
Nous voyons, à tes lois soumis,
Dans le berceau de ton enfance ⎱
Le tombeau de nos ennemis. ⎰ *bis.*

THIBAULT (*M. Michot*).

Célébrons le mois mémorable
Qui, dans un enfant adoré,
D'un bonheur à jamais durable
Nous donne le gage sacré.

Le Prince, dont l'auguste père
Hérita du nom des Césars,
Devait recevoir la lumière
Sous l'heureuse étoile de Mars.

ALIX (*Mademoiselle Leverd*).

Toi, de ton sexe le modèle,
Toi, dont la tendresse en ce jour
A ton peuple heureux et fidèle
Donne un nouvel objet d'amour;
Fasse la bonté tutélaire
Du ciel qui daigna le former,
Qu'il ait tes vertus pour nous plaire,
Qu'il ait notre cœur pour t'aimer!

FURET (*M. Baptiste cadet*).

Je r'prochais au destin contraire
De m'avoir assez maltraité
Pour me r'fuser en c'jour prospère
Les douceurs d'la paternité;
Mais, à présent, je lui pardonne
De s'être moqué d' mon souhait,
Car le nouveau-né qu'il nous donne
Vaut bien celui que j'aurais fait.

Louise *au Public* (*Mademoiselle Mars*).

Tandis que l'idole du monde
Dans son berceau repose en paix ,
Daignez joindre au canon qui gronde
Le bruit garant de nos succès ;
Et surtout gardez-vous de croire
Que vous troublerez son repos :
Jamais un chorus de victoire
N'effraya l'enfant d'un héros.

~~~~~~

RONDE

Chantée chez M. le Comte REGNAULT
DE SAINT-JEAN-D'ANGÉLY, au Val
sa maison de campagne, qui, autrefois, était l'abbaye des Feuillans.

(AIR : Pour étourdir le chagrin.

DANS ce séjour sans rival
  Tout attire,
  Tout inspire ;
Rien au monde n'est égal
Au plaisir qu'on goûte au Val.

Ce jour pour mes sens ravis
Est une si grande fête ,
Qu'en passant à Saint-Denis,
J'ai pensé perdre la tête.

Dans ce , etc.

Le maître de ce logis
De nos plaisirs est esclave ,
Il ouvre à tous ses amis
Son cœur , sa bourse et sa cave,

Dans ce , etc.

Voyez la grâce ou plutôt
La muse qui nous préside ;
Jamais, non jamais Renaud
N'eut une aussi belle Armide.

Dans ce , etc.

Le cœur est toujours content,
L'ivresse toujours parfaite ;
Quand le maître est bienfaisant
Et la maîtresse bien faite.

Dans ce , etc.

Contre les feux de l'été,
Ah ! quel rempart est le nôtre !
L'eau ruisselle d'un côté,
Et le vin jaillit de l'autre.

Dans ce , etc.

On voit que ce beau séjour
Fut habité par des moines ,
Car on y fait chaque jour
Une chère de chanoines.

Dans ce , etc.

En vain de l'antiquité
L'œil parfois y voit les traces ,
L'image de la beauté
Rajeunit les vieilles glaces.

Dans ce , etc.

L'Amour saint de l'Eternel
S'y joint à l'amour profane,
Et l'âme s'élève au ciel ,
Tandis que le cœur se damne.

Dans ce , etc.

Où furent le maître-autel
Et les chantres de la messe ,
On voit le maître-d'hôtel
Et les enfans du Permesse.

Dans ce , etc,

Au Val si, comme autrefois,
Chacun faisait sa prière,
La mienne serait, je crois,
D'y passer ma vie entière.

Dans ce séjour sans rival
   Tout attire,
   Tout inspire ;
Rien au monde n'est égal
Au plaisir qu'on goûte au Val.

VIVE LES GRISETTES!

Air : Je suis Madelon Friquet.

JE ris du qu'en dira-t-on,
Et, sans mystère,
Je préfère
A nos dames du grand ton
La simple et gentille Marton.

Souvent, pendant un siècle, il faut
De ces rebelles
Citadelles,
Faire comme un sot
L'assaut.

Je ris, etc.

Marton à moi s'intéressait,
Et, pour toute arme,
Une larme
Fit céder lacet,
Corset.

Je ris, etc.

Leurs équipages, leurs écus,
    Qui toujours sonnent,
      Ne leur donnent
    Charmes ni vertus
      De plus.

Je ris, etc.

A pied, cheminant en tous lieux,
    Sa jambe fine
      Qu'on devine
    N'en séduit que mieux
      Les yeux.

Je ris, etc.

Jamais, jamais ne me prônez
    Une coquette
      Qui vous jette
    Vous me chiffonnez...
      Au nez.

Je ris, etc.

En un clin-d'œil sous mes verroux,
    Faite ou défaite,
      Sa toilette
    Obéit à tous
      Mes goûts.

Je ris, etc.

Pour nous cacher un joli sein,
    Leur cachemire,
    Qu'on admire,
  Ne vaut pas un lin
    Bien fin.
Je ris, etc.

Que j'aime à voir son fichu vert
    Sur sa peau blanche,
    Le dimanche,
  Par un souffle d'air
    Ouvert.
Je ris, etc.

Riches cristaux, nombreux valets,
    Gaîté forcée
    Et glacée,
  Font de leurs banquets
    Les frais.
Je ris, etc.

Quand pour boire à notre lien,
    Marton, peu fière,
    Cherche un verre,
  Elle fait du mien
    Le sien.
Je ris, etc.

Quels que soient les trésors qu'on a,
Les nobles flammes
De ces dames
Mettent bientôt à
Quia.
Je ris, etc.

Une épingle qu'à son corset
D'ôter ou mettre
Je suis maître,
Lui semble un bienfait
Parfait.
Je ris, etc.

De l'ennui doublant les pavots;
Le musc et l'ambre
De leur chambre
Assassinent vos
Cerveaux.
Je ris, etc.

L'artifice est ce qu'elle craint;
Sa cheminée
Est ornée
De fleurs où se peint
Son teint.
Je ris, etc.

Les rubis surchargent leurs cous;
Mais sous la hure
La Nature
Place de plus doux
Bijoux,

Je ris, etc.

Pour mieux traiter cette chanson,
D'une grisette
Joliette
J'ai pris sans façon
Leçon.

Je ris du qu'en dira-t-on,
Et, sans mystère,
Je préfère
A nos dames du grand ton
La simple et gentille Marton.

~~~~~~

LA PETITE CHANSON.

Air : Ah ! qu'il est doux de vendanger !

De la romance l'abandon
  Séduit le Céladon ;
La fable offre mainte leçon,
  L'ode est incomparable...
  Mais moi, pour la chanson,
  J'enverrais tout au diable.

Glacé par un maudit frisson,
  Gardez-vous la maison ?
Opposez pour contre-poison
  Au mal qui vous accable
  La petite chanson...
  Et la fièvre est au diable.

Aux champs de Mars le plus poltron
  Veut-il se faire un nom ?
Qu'il marie au feu du canon,
  A son bruit effroyable,
  La petite chanson...
  Et la peur est au diable.

On se défie à l'espadon
  Pour un *oui*, pour un *non*...
Faites entendre, en gai luron,
  'Au couple impitoyable
  La petite chanson...
  Le cartel est au diable.

Faut-il d'un innocent tendron
  Subjuguer la raison?
  Apprenez-lui sur le gazon,
  Sous un feuillage aimable,
  La petite chanson...
  L'innocence est au diable.

On va représenter, dit-on,
  Un drame à pamoison;
Faites succéder à son ton
  Lugubre, lamentable,
  La petite chanson...
  Et le drame est au diable.

Depuis son veuvage, Lison
  Ne parle que poison...
Qu'un bon vivant, sous son balcon,
  Chante à l'inconsolable
  La petite chanson...
  Et le mort est au diable.

Quand la sueur couvre le front
 Du pauvre bûcheron,
Vienne, entre un baiser de Suzon
 Et le clairet qu'il sable,
 La petite chanson...
 Et la peine est au diable.

 Quand, après la belle saison,
  Vient le triste glaçon,
Chantez, les pieds sur le tison,
 Les coudes sur la table,
 La petite chanson...
 Et l'hiver est au diable.

 Vous, enfin, qui craignez Caron
  Et le sombre Achéron,
Chantez gaîment à l'unisson,
 Traitant la mort de fablé,
 La petite chanson...
 Et la barque est au diable.

LES PROGRÈS DE L'AGE

AIR : Et voilà comme l'homme

Dès le moment où je naquis,
Ma bouche, avec un charme exquis,
Caressa le sein de ma mère ;
Aujourd'hui celui de Glicère
Me paraît plus appétissant...
 Et voilà comme
  L'homme
 Change en grandissant.

Quand mon père me souffletait,
Ma vanité s'en irritait ;
Mais bientôt ce soufflet infâme,
Donné par la main d'une femme,
Me parut plus doux qu'offensant...
 Et voilà comme
  L'homme
 Change en grandissant.

Lorsque l'on m'envoyait coucher,
J'étais sujet à me fâcher ;
A présent, souvent il arrive
Que, dans le lit, qui me captive,
J'éprouve un plaisir ravissant!...
    Et voilà comme
       L'homme
    Change en grandissant.

J'avais, dès l'âge de dix ans,
Cinq ou six *maîtres* différens ;
Mais, troquant leçons pour caresses,
Plus tard je trouvai des *maîtresses*
Le savoir plus intéressant...
    Et voilà comme
       L'homme
    Change en grandissant.

A quinze ans, trop jeune et trop fou,
Je ne disposais pas d'un sou ;
Mais dès que, devenu plus sage,
De mon argent je fis usage,
Mes dettes allèrent croissant...
    Et voilà comme
       L'homme
    Change en grandissant.

A seize ans, j'aimais à la fois
Une vingtaine de minois;
A dix-sept, j'en aimai quarante;
A dix-huit, j'en aimai soixante;
A dix-neuf, j'en adorai cent...
  Et voilà comme
   L'homme
  Change en grandissant.

A vingt ans, mes premiers essais
Au théâtre eurent du succès;
A vingt-cinq, ma muse enhardie
Accoucha d'une comédie
Qui fut sifflée en paraissant...
  Et voilà comme
   L'homme
  Change en grandissant.

J'aimai jadis le Malaga,
Puis j'ai préféré le Rota,
Puis j'ai raffolé du Mádère,
Puis du Bordeaux, puis du Tonnerre;
Je les aime tous à présent...
  Et voilà comme
   L'homme
  Change en grandissant.

Jusqu'à ce jour, me mesurant,
On m'a trouvé plus gros que grand;
Ma taille est cependant honnête ;
Mais que le tems courbe ma tête,
J'irai toujours rapetissant...
  Et voilà comme
   L'homme
  Change en grandissant.

~~~~~~

L'ANGLAIS
AU CAVEAU MODERNE,
DIALOGUE.

Air des Confessions.

L'ANGLAIS, *baragouinant*.

Messieurs du Rocher,
Puis-je approcher
Sans vous déplaire ?
A votre *Caveau*
Ein Anglais est di fruit nouveau.

LE PRÉSIDENT *se levant*.

Chez nous, milord, qui ne riez guére,
Que venez-vous faire ?

L'ANGLAIS.

Je viens, député
Par un comté
De l'Angleterre,

Savoir la moyen
De devenir épicurien.

LE PRÉSIDENT.

Avant tout, milord, en Angleterre
Que savez-vous faire ?

L'ANGLAIS.

Nous buvons beaucoup,
Et coup sur coup,
Rhum et Madère ;
Et quand tout est bu,
Sous le table on tombe étendu.

LE PRÉSIDENT.

Est-ce là, milord, en Angleterre,
Tout ce qu'on sait faire ?

L'ANGLAIS.

Le soir , réunis
Chez nos amis ,
Après le bière
Nous buvons di thé
Pour nous donner plus de gaîté.

✸

LE PRÉSIDENT.

Est-ce là, milord, en Angleterre,
   Tout ce qu'on sait faire ?

L'ANGLAIS.

Quand nous nous trouvons
   Un peu plus ronds,
   Qu'à l'ordinaire,
Nous ne craignons point
De nous rosser à coups de poing.

LE PRÉSIDENT.

Est-ce là , milord , en Angleterre ,
   Tout ce qu'on sait faire ?

L'ANGLAIS.

Lorsque nous aimons ,
   Nous finançons,
   Afin de plaire ;
D'où vient qu'en tout lieu
On dit : Ein milord pot-au-feu.

LE PRÉSIDENT.

Est-ce là, milord, en Angleterre,
　　Tout ce qu'on sait faire ?

L'ANGLAIS.

Tout autant que vous,
　L'Anglais , jaloux
　De bonne chère ,
　Se régale avec
Di plumb-pudding et di bifstech.

LE PRÉSIDENT.

Est-là , milord , en Angleterre ,
　　Tout ce qu'on sait faire ?

L'ANGLAIS.

La banquet fini ,
　Chaque lady ,
　Quittant son verre ,
　Va dans les salons ,
Et puis sans elles nous fumons,

LE PRÉSIDENT.

Est-ce là , milord, en Agleterre,
 Tout ce qu'on sait faire ?

L'ANGLAIS.

Plus libres alors
 Dans nos transports ,
 Pour nous distraire
 Nous parlons procès ,
Guerre , banqueroute et décès.

LE PRÉSIDENT.

Est-ce là , milord, en Angleterre,
 Tout ce qu'on sait faire ?

L'ANGLAIS.

On nous croit lourds , mais
 C'est que l'Anglais,
 Par caractère ,
 Chante entre ses dents ,
Et ne rit jamais qu'en dedans.

LE PRÉSIDENT.

Est-là , milord , en Angleterre,
　　Tout ce qu'on sait faire ?

L'ANGLAIS.

Si nous ne jouyons ,
　　Nous péririons
　　D'ennui sur terre ;
Et quand nous perdons ,
Tout aussitôt nous nous pendons.

LE PRÉSIDENT.

Est-là , milord , en Angleterre ,
　　Tout ce qu'on sait faire ?

L'ANGLAIS.

Toujours au malheur ,
　　A la douleur
　　Faisaut la guerre ,
Lorsque nous souffrons
Le *spleen* nous gague , et nous mourons.

LE PRÉSIDENT *se rasséyant.*

Si c'est là, milord, en Angleterre,
Tout ce qu'on sait faire,
Cessez de troubler,
De violer
Ce sanctuaire,
Et de profaner
Nos chansons et notre dîner.

L'ANGLAIS.

Eh quoi! faut-il que je désespère?

LE PRÉSIDENT.

Nous pourrons vous faire
Enfans de Vénus,
Quand, sans écus,
Vous saurez plaire,
Et fils de Momus
Lorsque vous ne vous pendrez plus.

~~~~~~

LE PETIT MÉNAGE. (1)

Air des Voyages (*de la Famille Indigente.*)

LE verre en main , chantons en chœur
Ce repas joyeux et champêtre ,
Et s'il se présente un censeur,
Mes amis , envoyons-le paître.
    Sur ce joli gazon
    Viens égayer , chanson ,
    Notre pélerinage ;
Tous les cœurs sont à l'unisson
    Dans un petit ménage.   (*ter.*)

Quand vous venez , couple charmant ,
Visiter le bois de Vincenne,
Nous devinons facilement
Quel est le but qui vous y mène ;

---

(1) Ces couplets ont été improvisés par MM. Désaugiers
et Gentil, dans le bois de Vincennes, à l'occasion de la
mise en activité des dîners champêtres donnés par
J. F. Bourjot et son épouse à leurs amis.

Vous voyez tous les ans
Reverdir au printems ,
Dans ce doux hermitage,
Avec votre cœur et vos sens ,
Votre petit ménage.

Vous avez bien fait tous les deux ,
François , aimable Félicie ,
D'adopter ces paisibles lieux
Pour vos rendez-vous de folie ;
　　Dans ce bois , que d'amans
　　Des plus doux sentimens
　　Faisant l'apprentissage ,
Y jetèrent les fondemens
　　De leur petit ménage.

Petite assiette , petit plat ,
Petite cuisine bien saine ,
Petit dessert bien délicat ,
Petite bouteille bien pleine ,
　　Petit verre qu'emplit
　　Petit minois gentil ,
　　Sous un petit bocage ;
Hors l'appétit , tout est petit
　　Dans ce petit ménage.

On dit partout que les bons cœurs
Sont les amis de la Nature,
Et trouvent leurs repas meilleurs
Quand ils sont pris sur la verdure ;
  Voilà pourquoi; couverts
  Par des feuillages verds,
  Nos amis, sous l'ombrage,
Aiment voir la feuille à l'envers
  Dans leur petit ménage.

~~~~~~

LA PROMENADE SENTIMENTALE,

OU

LE DANGER DE SORTIR SANS ARGENT.

AIR : Partant pour la Syrie.

PARTANT pour la Villette,
Le jeune et beau François
Dit un jour à Fanchette :
« Veux-tu venir au bois ? »
Plaignez l'amant fidèle,
Délicat et galant,
Qui, pour prom'ner sa belle,
N'a pas un sou vaillant.

Ils partent ; l'tems s'barbouille,
Si ben qu'ça tombe à seau,
Et qu'l'averse les mouille,
Qu'tout collait sur leur peau.
Plaignez l'amant fidèle,
Délicat et galant,
Qui, pour sécher sa belle,
N'a pas un sou vaillant.

Fanchette alors propose,
Passant d'vant z'un bouchon,
D's'y rafraîchir d'queuq' chose,
N'fût-ce qu'd'un pied d'cochou.
Plaignez l'amant fidèle,
Délicat et galant,
Qui, pour traiter sa belle,
N'a pas un sou vaillant.

De son cou, blanc cómm' cire,
L'vent fait voler l'mouchoir,
Et j'n'ai pas besoin d'dire
Tout c'que ça laisse voir.
Plaignez l'amant fidèle,
Délicat et galant,
Qui, pour voiler sa belle,
N'a pas un sou vaillant.

Bentôt nouvell' disgrâce :
En sautant un ruisseau,
L'sabot d'Fanchette s'casse,
Et v'là son pied dans l'eau.
Plaignez l'amant fidèle,
Délicat et galant,
Qui, pour chausser sa belle,
N'a pas un sou vaillant.

Plus loin, autre anicroche :
L'parasol d'un benêt,
D'la pauvr' Fanchette accroche
Et déchire l'bonnet.
Plaignez l'amant fidèle,
Délicat et galant,
Qui, pour coiffer sa belle,
N'a pas un sou vaillant.

Tandis qu'Fanchette endève,
L'carosse d'un péquin
D'un coup d'brancard lui crève
Tout l'dos d'sou casaquin.
Plaignez l'amant fidèle,
Délicat et galant,
Qui, pour nipper sa belle,
N'a pas un sou vaillant.

Un gros doguin qui joue,
Sur Fanchett' s'élançant,
Ly caresse la joue,
Qu'elle en est tout en sang.
Plaignez l'amant fidèle,
Délicat et galant,
Qui, pour panser sa belle,
N'a pas un sou vaillant.

La voyant z'évanouie,
Chacun dit qu'un mat'las
La rendra z'à la vie ;
V'là François dans d'beaux draps.
Plaignez l'amant fidèle,
Délicat et galant,
Qui, pour coucher sa belle,
N'a pas un sou vaillant.

Chez ell' François la r'mène,
Et l'y d'maud', par pitié,
Qu'pour prix de tout' sa peine,
All' d'vienne sa moitié.
Vas, donc, z'amant fidèle,
Dit-elle en s'r'habillant,
Faut, pour avoir un' belle,
Avoir queuqu' sou vaillant.

ENVOI AUX AMATEURS.

V'là ma chanson finie ;
Mais comme c', n'est pas l' Pérou,
A tout' la compagnie
J' la donne pour un sou.
Et faut qu' l'amant fidèle
Qui r'fûs'rait, z'en passant,
D'en régaler sa belle,
N'ait pas un sou vaillant.

~~~~~~

LA MAUVAISE ET LA BONNE CHANSON.

Air du vaudeville des Deux Edmon.

N'EN déplaise aux chanteurs modernes,
Avec leurs ritournelles ternes
Et leur diapazon doctoral ,
   On chante mal. (*bis.*)
Quand la chanson , fruit du délire ,
Part comme l'éclair qui l'inspire ,
Avec son chorus pour soutien ,
   On chante toujours bien. (*bis.*)

En dépit des auteurs tragiques ,
Avec de grands vers léthargiques ,
Et l'espoir d'un prix décennal ,
   Ou chante mal. (*bis.*)
Mais avec un gai vaudeville ,
Qui va proclamant par la ville
Que rire et boire est le vrai bien ,
   On chante toujours bien. (*bis.*)

Lorsqu'en l'honneur d'une coquette
Il faut , cédant à l'étiquette ,
Rimer un éloge bannal,
    On chante mal. (*bis*).
Mais quand notre muse endormie
Se réveille au nom de l'amie
Sans qui tout l'univers n'est rien,
    On chante toujours bien. (*bis*.)

De nos Crésus de contrebande,
Dans une chanson de commande,
Faut-il vanter l'air jovial?
    On chante mal. (*bis*.)
Mais chez celui dont la fortune
A tous ses vieux amis commune,
Atteste un cœur épicurien ;
    On chante toujours bien (*bis*.)

A la fin d'un repas splendide,
Auquel presque toujours préside
L'ennui d'un bon ton glacial,
    On chante mal. (*bis*.)
Mais au banquet de la folie ,
Donné par hôtesse jolie
Ou par un aimable vaurien,
    On chante toujours bien. (*bis*.)

Epoux d'une femme méchante,
Faut-il qu'à sa fête l'on chante
Les douceurs du nœud conjugal ?
  On chante mal (*bis.*)
Mais faut-il d'une réjouie
Chanter la mine épanouie,
L'œil fripon, l'agaçant maintien ?
  On chante toujours bien. (*bis.*)

Lorsqu'aux pieds d'un objet céleste
Le gousset, par un sort funeste,
Est dans un dénûment total,
  On chante mal. (*bis.*)
Mais qu'à la chanson qu'on entonne,
Se joigne une bourse qui sonne,
Le couplet ne valût-il rien,
  On chante toujours bien. (*bis.*)

Faut-il chanter d'un tendre père,
D'un bon fils, d'un ami sincère,
Le *De profundis* sépulchral ?
  On chante mal. (*bis*).
Mais à celui d'un oncle riche
Goutteux, méfiant, vieux et chiche,
Dont on va recueillir le bien,
  On chante toujours bien. (*bis.*)

Sur les rives de la Tamise ,
Où la gaîté n'est pas de mise,
Où l'on sert du thé pour régal ,
    On chante mal. (*bis*.)
Mais aux bords chéris de la Seine ,
Où Bacchus verse l'hypocrène ,
Où Momus est notre doyèn ,
   On chante toujours bien. (*bis*.)

~~~~~~

LE NEC PLUS ULTR.
DE GRÉGOIRE.

AIR : Joyeux enfans de la bouteille.

J'AI Grégoire pour nom de guerre,
J'eus en naissant horreur de l'eau ;
Jour et nuit, armé d'un grand verre,
Lorsque j'ai sablé mon tonneau,
   Tout fier de ma victoire,
   Encore ivre de gloire,
      Reboire,
         Voilà (*bis.*)
   Le *nec plus ultrà*
   Des talens de Grégoire.

En latin, en droit, en physique,
Je fus toujours un ignorant ;
Poésie, algèbre, musique,
Tout me paraît de l'Alcoran ;
   Fable, roman, histoire,
   Sont pour moi du grimoire ;

Mais boire !
Voilà (*bis.*)
Le *nec plus ultra*
Des talens de Grégoire.

Qu'un poète de l'Athénée,
De ses éphémères travaux,
Sur la clientelle abonnée
Aille répandre les pavots :
 Son fatras oratoire
 Assomme l'auditoire ;
  Bien boire !
  Voilà *bis.*)
 Le *nec plus ultra*
 De l'esprit de Grégoire.

A Cythère, dans mon jeune âge,
Si j'ai brûlé beaucoup d'encens,
Aujourd'hui, plus mûr et plus sage,
Je me dis, maître de mes sens :
 Œil tendre, dents d'ivoire
 N'ont qu'un charme illusoire ;
  Mais boire !
  Voilà (*bis*).
 Le *nec plus ultra*
 Des amours de Grégoire.

Me trouver, en sortant de table,
Et sans soif et sans appétit;
Voir ma cave si délectable
S'épuiser petit à petit;
    N'avoir dans mon armoire
    Que la Seine ou la Loire
        A boire...
        Voilà (*bis.*)
        Le *nec plus ultrà*
    Des chagrins de Grégoire.

Mais doué d'une ame assez ferme
Pour maîtriser les coups du sort;
De mes maux avancer le terme,
Et savoir vendre, sans effort,
    Lit, vaisselle, écritoire,
    Tout jusqu'à l'écumoire,
        Pour boire !...
        Voilà (*bis.*)
        Le *nec plus ultrà*
    Des vertus de Grégoire.

Lorsqu'enfin vers l'empire sombre,
Il faudra prendre mon essor,
Oubliant que je suis une ombre,
Le verre en main, pouvoir encor,

En dépit du déboire ,
Chanter sur l'onde noire :
  A boire !...
  Voilà (*bis.*)
 Le *nec plus ultrà*
Des désirs de Grégoire.

~~~~~~

L'INCONVÉNIENT D'AVOIR DES DENTS.

AIR : Dans la vigne à Claudine.

QUOIQU'EN tous lieux on dise :
« Rien n'est tel que les dents » ,
Je n'ai pas la bêtise
De donner là-dedans ;
Car si le premier homme
Sans une dent fût né ,
Le monde pour la pomme
N'eût pas été damné.

Ces dents , dont l'amant vante
L'éclatante beauté,
Et dont le gourmand chante
L'heureuse utilité,
De notre premier âge
Sont le premier tourment,
Et leur chute présage
Notre dernier moment.

De belles dents, sans doute,
J'aime l'accord parfait ;
Mais que, de maux nous coûte
Ce funeste bienfait !
La perte de la belle
En qui tout nous séduit,
Fait moins souffrir que celle
D'une dent qui nous fuit.

Des serpens qui se tordent
La dent donne la mort ;
L'ours et le lion mordent,
Le chien enragé mord,
Et que Dieu vous préserve
Du méchant, du jaloux,
Qui, dans l'ombre, conserve
Une dent contre vous !

Les dents ont droit de plaire
A l'heure des repas ;
C'est un mal nécessaire,
Je n'en disconviens pas ;
Encor, souvent cruelles
Jusqu'en leurs fonctions,
Que nous procurent-elles ?
Des indigestions.

Les dents ne servent guère
Qu'à causer du chagrin.....
Oui, jusqu'à ma dernière,
Ce sera mon refrain.....
Puis, qu'un morceau l'emporte
A la fin d'un repas,
Je m'écrîrai : N'importe !
Pour boire, il n'en faut pas !

~~~~~~

CONSEILS AUX GARÇONS.

Air du vaudeville des *Deux Edmon.*

Ruinés par mainte folie,
Vous qui trouvez femme jolie,
Riche en vertus, or et bijoux,
    Mariez-vous.
Mais vous, à qui femme charmante
N'apporte pour dot et pour rente
Que ses dettes et ses appas,
    Ne vous mariez pas.

Vous qui, contraints par vos affaires,
D'être nuit et jour sédentaires,
Pouvez dépister les jaloux,
    Mariez-vous.
Mais vous, dont les fâcheux voyages
De vos solitaires ménages
Jour et nuit éloignent les pas,
    Ne vous mariez pas.

Vous, de qui l'heureux ministère
N'exige point de secrétaire,
Au ton galantin, à l'œil doux,
  Mariez-vous.
Mais vous, de qui la place entraîne
Des commis, des clercs qui, sans gêne,
Viennent partager vos repas,
  Ne vous mariez pas.

Vous, que des arts l'amour anime,
Qui brûlez de leur feu sublime,
Pour propager ces nobles goûts,
  Mariez-vous.
Mais vous, dont l'esprit méthodique,
Plein de son calcul algébrique,
Ne rêve que règle et compas,
  Ne vous mariez pas.

Vous, qui vous sentez le courage
De subir à peine en ménage
La chance commune aux époux,
  Mariez-vous.
Mais vous, dont l'humeur trop jalouse,
Voudrait exiger d'une épouse
Fidélité jusqu'au trépas,
  Ne vous mariez pas.

Vous, dont la noble confiance
Ne commande pas la constance
Par des grilles et des verroux,
  Mariez-vous.
Mais par un esclavage infâme
Vous, qui prétendez qu'une femme
Peut être à l'abri d'un faux-pas,
  Ne vous mariez pas.

Vous enfin dont l'épouse aimable
Doit se plaire à vous voir à table
Et boire et chanter comme nous,
  Mariez-vous.
Mais vous dont la femme bégueule
Voudrait à sa personne seule
Réduire vos joyeux ébats,
  Ne vous mariez pas.

~~~~~~

AH,, MON DIEU ! QUE J' SUIS BETE !

Air : Ah ! qu'il est drôle !

QUAND je vois un joli minois,
    Pour moi queu fête !
Quand il me r'garde une ou deux fois,
    J'en perds la tête :
A l'entraîner dans un p'tit coin ,
Quand ça n' peut pas aller plus loin,
    Tout aussitôt j' m'apprête;   *(bis.)*
Mais dès qu' nous sommes sans témoin,
Ah, mon dieu ! que j' suis bête !

Quand on joue un ouvrag' nouveau,
    Pour moi queu fête !
Lorsque j'entends crier *bravo !*
    J'en perds la tête ;
Et jaloux d' faire aussi mon ch'min ,
V'là t'y pas que le lendemain
    A composer j' m'apprête.   *(bis.)*
Mais dès que j'ai la plume à la main,
Ah, mon dieu ! que j' suis bête !

Quand je m' sens le gousset garni ,
    Pour moi queu fête !
Si j' puis obliger un ami ,
    J'en perds la tête ;
Et m' disant , lorsque j' n'ai plus d' ça ,
C'ti-là qu' j'obligeai m'oblig'ra :
    A l' visiter j' m'apprête ;   (*bis.*)
Mais dès qu'il me faut en v'nir là ,
Ah , mon dieu ! que j' suis bête !

Quand j' vois passer un régiment ,
    Pour moi queu fête !
Quand j' sais qu'il s'est battu brav'ment ,
    J'en perds la tête :
C'est que j' n'aimons pas la lâch'té ,
Et jamais je n' suis insulté ,
    Qu'à m' venger je n' m'apprête ;   (*bis.*)
Mais dès qu' j'ai l'épée au côté ,
Ah , mon dieu ! que j' suis bête !

Quand j'ons dit queuq' joli p'tit rien ,
    Pour moi queu fête !
Quand d' tout côté j' vois qu'ça prend bien ,
    J'en perds la tête.

Si l' voisin tout bas applaudit,
Si tout bas la voisin' sourit,
  A r'commencer j' m'apprête ; *(bis.)*
Mais dès qu' chacun m' dit qu',j'ai d' l'esprit,
Ah , mon dieu ! que j' suis bête !,

Quand j' vas aux Français par hasard,
    Pour moi queu fête !
Quand j'y vois Molière ou Regnard,
    J'en perds la tête ;
Je sors d' là riant comme un fou ,
Et dussé-j' m'y fair' casser l' cou,
  A v'nir les r'voir j' m'apprête ;   *(bis.)*
Mais dès que j' sors de... j' sais ben où,
Ah , mon dieu ! que j' suis bête !

Quand ma femme est de bonne humeur,
    Pour moi queu fête !
Quand ell' m'embrass', mais là.. d'bon cœur,
    J'en perds la tête :
Ell' s'emporte bien quelquefois...
Alors, en qualité d' bourgeois,
  A riposter j' m'apprête ;   *(bis.)*
Mais dès qu'ell' prend sa grosse voix ,
  Ah , mon dieu ! que j' suis bête.

Quand on m'invite à quelq' festins,
    Pour moi queu fête !
Qu'on m' place d'vant deux yeux lutins,
    J'en perds la tête.
Quand on m'échauffe le cerveau
Avec du vin vieux ou nouveau,
  A bavarder j' m'apprête ;   (*bis.*)
Mais dès qu'on m' verse un verre d'eau,
Ah, mon dieu ! que j' suis bête !

Quand j' dois entendre vos chansons,
    Pour moi queu fête !
Un mois d'avance j'y pensons,
    J'en perds la tête ;
Et lorsque arrive c' jour si doux,
Au plaisir d' vous applaudir tous
En m'éveillant j' m'apprête ;   (*bis.*)
Mais dès qu' faut que j'chante après vous,
Ah, mon dieu ! que j' suis bête !

STANCES

Sur l'avènement de S. A. le Prince de
Ponte–Corvo au trône de Suède.

Buvons au roi dont la couronne
Chez nous éternise la paix,
Et qu'il vive autant sur le trône
Que dans le cœur de ses sujets.

Son nom, aux fastes de l'histoire,
Peut-il briller d'un trop grand jour ?
Il est illustré par sa gloire,
Et consacré par notre amour.

Il va, sensible autant que brave,
D'un héros digne favori,
Suédois, régner comme Gustave ;
Français, régner comme Henri.

Quel doux échange, en son royaume,
Et de devoirs et de bienfaits !
Du pauvre il défendra le chaume,
Et nous défendrons son palais.

Bientôt une gloire infinie,
Fils des arts, paîra vos travaux;
Toujours la palme du génie
Croît sous les regards des héros.

Agriculteurs, que l'espérance
Vous guide au sein de vos sillons;
L'astre qui féconde la France,
Vers vous lance un de ses rayons.

Suédois, ce prince est votre père;
Voisins, c'est votre protecteur;
Braves soldats, c'est votre frère;
Ennemis, c'est votre vainqueur.

LE VERRE.

Air : La bonne chose que le vin,

ou : Air du vaudeville du *Fandago*.

Quand je vois des gens ici-bas
Sécher de chagrin ou d'envie,
Ces malheureux, dis-je tout bas,
N'ont donc jamais bu de leur vie ?
On ne m'entendra pas crier
Peine, famine, ni misère,
Tant que j'aurai de quoi payer
Le vin que peut tenir mon verre.

Riche sans posséder un sou,
Rien n'excite ma jalousie ;
Je ris des mines du Pérou,
Je ris des trésors de l'Asie ;
Car sans sortir de mon taudis,
Grâce au seul dieu que je révère,
Je vois saphir, perle et rubis
Abonder au fond de mon verre.

Tout nous atteste que le vin
De tous les maux est le remède,
Et les Dieux n'ont pas fait en vain
Un échanson de Ganymède.
Je gage même que ces coups
Que l'homme attribue au tonnerre,
Sont moins l'effet de leur courroux,
Que du choc bruyant de leur verre.

Chaque jour l'humide fléau
Des cieux ne rompt-il pas les digues?
Si les immortels aimaient l'eau,
Ils n'en seraient pas si prodigues.
Et quand nous voyons par torrent
La pluie inonder notre terre,
C'est qu'ils rejettent en jurant
L'eau que l'on verse dans leur verre.

Le bon vin rend l'homme meilleur,
Car du monarque assis à table,
Vit-on jamais le bras vengeur
Signer la perte d'un coupable?
De son cœur le courroux banni
N'obscurcit plus son front sévère :
Armé du sceptre, il l'eut puni;
Il lui pardonne, armé du verre.

Je ne sais par quel vertigo,
Ou quelle suffisance extrême,
Narcisse , en se mirant dans l'eau,
Devint amoureux de lui-même.
Moi, fort souvent je suis atteint
De cette risible chimère,
Mais c'est lorsque je vois mon teint
Pourpré par le reflet du verre.

Dieu du vin, dieu de l'univers,
Toi qui me fis à ton image,
Reçois ce tribut de mes vers ;
Et, pour couronner ton ouvrage,
Fais, jusqu'à mes instans derniers,
Que dans ma soif je persévère,
Et qu'à ma mort, mes héritiers
Ne puissent m'arracher mon verre.

~~~~~~

LES INCONVÉNIENS DE LA FORTUNE

AIR : Adieu, paniers, vendanges sont faites.

DEPUIS que j'ai touché le faîte
De la richesse et de l'honneur,
J'ai perdu ma joyeuse humeur :
    Adieu bonheur !   (*bis.*)
Je bâille comme un grand seigneur....
    Adieu bonheur !
  Ma fortune est faite.

Le jour, la nuit, je m'inquiète :
La chicane et tous ses suppôts,
Chez moi fondent à tout propos,
    Adieu repos !(*bis.*)
Et je suis surchargé d'impôts.....
    Adieu repos !
  Ma fortune est faite.

Toi, dont la grâce gentillette,
En me ravissant la raison,
Sut charmer ma jeune saison,
    Adieu Suzon ! (*bis.*)

*

Je dois te fermer ma maison....
    Adieu Suzon !
  Ma fortune est faite.

Plus de vive et franche amourette,
Rival des sultans. des visirs,
Je vois des femmes sans désirs,
    Adieu plaisirs ! (*bis.*)
Attrister mes fades loisirs....
    Adieu plaisirs !
  Ma fortune est faite.

Plus d'appétit, plus de goguette :
Dans mon carrosse empaqueté,
Je promène ma dignité,
    Adieu gaîté ! (*bis.*)
Et par bon ton je prends du thé....
    Adieu gaîté !
  Ma fortune est faite.

Pour le plus léger mal de tête,
Au poids de l'or je suis traité ;
J'entretiens seul la Faculté :
    Adieu santé ! (*bis.*)

Hier trois docteurs m'ont visité.
 Adieu santé !
 Ma fortune est faite.

Vous qui veniez dans ma chambrette,
Rire et boire avec vos tendrons,
Qui souvent en sortiez si ronds,
 Adieu lurons ! (*bis.*)
Quand je serai gueux, nous rirons...
 Adieu lurons !
 Ma fortune est faite.

Mais je vois, en grande étiquette,
Chez moi venir ducs et barons :
Lyre, il faut suspendre tes sons.
 Adieu chansons ! (*bis.*)
Mon suisse annonce, finissons...
 Adieu chansons !
 Ma fortune est faite.

~~~~~~

COUPLETS

Chantés le jour de l'an 1812, dans un
ménage de la rue des Bons-Enfans.

Air du lendemain.

Bon mari, tendre épouse,
C'est vous que j'allons chanter.
Pour moi mil huit cent douze
Pouvait-il mieux commencer ?
En vous offrant pour étrennes
La première d' mes chansons,
Oh ! c'est ben plutôt les miennes
Que j' me r'passons.

V'là ben long-tems, ce m' semble,
Qu' toujours gai, toujours heureux,
Vous vous livrez ensemble
Au doux plaisir d'être deux.

Et si mon calcul est l' vôtre ,
Depuis l' jour d' ces nœuds constans ,
M'est avis qu' l'un portant l'autre ,
    Y a ben vingt ans.

C' que c'est que d' bien s'entendre !
Chacun d' vous , depuis c't instant ,
  Est d' pus tendre en pus tendre ,
D' mieux portant en mieux portant.
Ça n' m'étonn' pas , ça d'vait être...
  Et comme moi qui ne sent
,Qu' vingt ans d'bonheur n'peuvent qu'mettre
   .Du baum' dans l' sang ?

L'usage de tout l' monde ,
Quand l' jour d'emménager vient ,
  Est d' choisir à la ronde
Le log'ment qui lui convient.
Et c'est un' chose r'connue ,
  Qu'un' famille d' braves gens
Devait loger dans la rue
   Des Bons-Enfans.

~~~~~~

L'ATELIER DU PEINTRE,

ou

LE PORTRAIT MANQUÉ.

Air de la Catacoua.

Jaloux de donner à ma belle
Un duplicata de mes traits,
Je demande quel est l'Apelle
Le plus connu par ses portraits ?
C'est, me répond l'ami Dorlange,
Un artiste nommé Mathieu.
    Il prend fort peu...
    Mais, ventrebleu !
Quel coloris, quelle grâce, quel feu !
Il vous attrape comme un ange,
Et loge près de l'Hôtel-Dieu.

Vîte, je cours chez mon Apelle ;
J'arrive et ne sais où j'en suis ;
Son escalier est une échelle,
Et sa rampe une corde à puits.

Un chantre est au premier étage ,
Au second est un chaudronnier ,
    Puis un gaînier ,
    Un rubannier,
Puis au cinquième un garçon cordonnier...
  Je reprends haleine et courage ,
  Et j'arrive enfin au grenier.

  J'entre , et d'abord sous une chaise
  Je vois le buste de Platon ;
  Sur un Hercule de Farnèse
  S'élève un bonnet de coton.
  Un briquet est dans une mule ,
  Dans un verre un peigne édenté ,
    Un bas crotté
    Sur un pâté ,
Un pot-à-l'eau sous une Volupté ,
  L'Amour près d'un tison qui brûle ,
  Et la frileuse à son côté.

  Le portrait d'un acteur tragique
  Est vis-à-vis d'un mannequin ;
  Je vois sur la Vénus pudique
  Une culotte de nankin ;
  Une tête de Diogène
  A pour pendant un potiron ;

Près d'Apollon
Est un poëlon ;
Psyché sourit à l'ombre d'un chaudron,
Et les restes d'une *romaine*
Sont sous l'œil du cruel Néron.

Devant une vître cassée
S'agite un morceau de miroir,
Et sous la barbe de Thésée
Est une lame de rasoir ;
Sous un Plutus une Lucrèce ;
Sur un tableau récemment peint,
Je vois un pain,
Un escarpin,
Une Vénus sur un lit de sapin,
Et la Diane chasseresse
Derrière une peau de lapin.

Seul, j'admirais ce beau désordre,
Quand un homme armé d'un bâton,
Entre, et m'annonce que par ordre
Il va me conduire en prison.
Je résiste... il me parle en maître;
Je lui lance un Caracalla,
Un Attila,
Un Scévola,

Un Alexandre , un Socrate , un Sylla ,
  Et j'écrase le nez du·traître
  Sous le poids d'un Caligula.

  A ses cris , au fracas des bosses ,
  Je vois vers moi de l'escalier
  S'élancer vingt bêtes féroces ,
  Vrais visages de créancier.
  Sur ma tête , assiettes , bouteilles ,
  Pleuvent au gré de leur fureur ;
      Et le traiteur ,
      Le blanchisseur ,
Le parfumeur , le bottier , le tailleur
  Font payer à mes deux oreilles
  Le nez de leur ambassadeur.

  Au lieu d'emporter mon image
  Comme je l'avais espéré ,
  Je sors , n'emportant qu'un visage
  Pâle , meurtri , défiguré.
  O vous , sensibles créatures ,
  Aux traits bien fins , bien réguliers ,
      Des noirs huissiers ,
      Des noirs greniers ,
Evitez bien les périls meurtriers ,
  Et que Dieu garde vos figures
  Des peintres et des créanciers !

COUPLETS.

Chantés par **M.** Batiste, artiste sociétaire du théâtre Feydeau, à la fête d'Antoinette L***.

Air : *J'arrive ici de Rome.*

PERMETTEZ que Batiste
Chante cet heureux jour ;
Comme ami , comme artiste ,
Il réclame son tour.
Il va célébrer celle
Qui , pour mieux nous charmer ,
Tout à la fois est bonne et belle :
N'est-ce pas la nommer ?

Il n'est pas d'humeur noire
Qui ne cède à sa voix ;
A table elle sait boire ,
Et rire au fond du bois,

Sa folie ensorcelle
Et sait tout animer ;
Pas de bonne fête sans elle :
N'est-ce pas la nommer ?

Elle jouit des charmes
Du plaisir qu'on ressent ;
Elle mêle ses larmes
Aux larmes qu'on répand.
Contre son doux empire
En vain on veut s'armer ;
En blessant elle vous attire :
N'est-ce pas la nommer ?

S'occupant en cadence
De tout ce qui se fait ,
Son cœur est à la danse ,
Son œil est au buffet,
Enfin dans son délire ;
C'est un ange, un démon...
Et n'est-ce pas assez vous dire
Qu'Antoinette est son nom ?

~~~~~~

PORTRAIT

DE MAM'SELLE *MARGOT*

LA REMPAILLEUSE,

Par son cher amant DUBELAIR,

Peintre–Doreur.

AIR : Ça n' n' devait pas finir comm' ça.

A MA Margot,
Du bas en haut,
Vous n' trouverez pas un défaut. (*Bis.*)
Pour commencer par sa chev'lure,
Ah, dam ! les jours de grand' colure,
Faut voir queu tour ses ch'veux vous ont !
Et s'ils étaient moins roug' qu'ils n' sont...
Ah! mon dieu! (*b.*) mon dieu! qu'c'est dommage!
  Mais, à ça près, j" gage
    Qu'à ma Margot,
    Du bas en haut,
Vous n' trouverez pas un défaut.

C'est-y sa peau qu'il faut vous peindre ?

Jarni ! quand all' l'aurait fait teindre ,

Ell' n' l'aurait pas plus blanch' qu'ell' n' l'a ,

Sauf queuqu' rousseurs par-ci , par-là.

Ah! mon dieu!(*b*) mon dieu! qu'c'est dommage!

  Mais , à ça près , j' gage

    Qu'à ma Margot,

    Du bas en haut,

Vous n' trouverez pas un défaut.

Pour les yeux , personne , j' m'en pique ,

N'est dans l' cas d' l'y faire la nique ;

Drès qu' sur vous son œil droit est l'vé ,

Vous r'grettez que l' gauch' soit crevé...

Ah! mon dieu! (*b*.) mon dieu! qu'c'est dommage!

  Mais , à ça près , j' gage

    Qu'à ma Margot,

    Du bas en haut,

Vous n' trouverez pas un défaut.

Son nez vous a certain' tournure

Qui r'lèv' joliment sa figure ;

Et quoiqu'il descende un peu bas ,

Si son menton ne l' frisait pas...

Ah! mon dieu! (*b*.) mon dieu! qu'c'est dommage!

          ★

Mais, à ça près ; j' gage
   Qu'à ma Margot,
   Du bas en haut,
Vous n' trouverez pas un défaut.

C' quelle a d' superbe, c'est la bouche ;
Queu plaisir quand la mienne y touche !
Ça m' m'est l'e prit tout à-l'envers ;
Queuq' z'uns diront qu'elle est d travers,
Ah! mon dieu! (*b.*) mon dieu! qu'c'est dommage!
  Mais, à ça près, j' gage
    Qu'à ma Margot,
    Du bas en haut,
Vous n' trouverez pas un défaut.

Ses dents, faut les voir pour y croire !
Jarni ! c'est d' la perle et d' l'ivoire.
Quand ell' m' les montre, j' sis heureux ;
Pourquoi faut-il qu'all' n'en ait qu' deux ?
Ah mon dieu! (*b.*) mon dieu! qu'c'est dommage
  Mais, à ça près, j' gage
    Qu'à ma Margot,
    Du bas en haut,
Vous n' trouverez pas un défaut.

D' la beauté d' son sein rien n'approche ;

C'est dur comm' neige et blanc comm' roche ;

Ça m' fait l'effet de deux soleils ;

S'ils étaient tant seul'ment pareils....

Ah! mon dieu! (b.) mon dieu! qu'c'est dommage!

  Mais, à ça près, j' gage

    Qu'à ma Margot,

    Du bas en haut ,

Vous n' trouverez pas un défaut.

Pour c' qu'est d' la souplesse d' sa taille ,

Gn'a point d'anguille qui la vaille ;

Vous jureriez qu'elle n'a point d'os ;

Et sans l' malheur qu'elle a sur l' dos...

Ah! mon dieu! (b.) mon dieu! qu'c'est dommage!

  Mais, à ça près, j' gage

    Qu'à ma Margot,

    Du bas en haut,

Vous n' trouverez pas un défaut.

. . . .

. . . .

. . . .

. . . .

. . . .

. . . .

. . . .

. . . .

. . . .

Ses jamb' sont un' aut' paire d' manches ;
Ah ! dam' ! faut les voir les dimanches...
Ell' dans' pu pir' qu' la Camargot ;
Et si c' n'est qu'ell' cloch' d'un ergot...
Ah! mon dieu! (b.) mon dieu! qu'c'est dommage!
  Mais , à ça près, j' gage
    Qu'à ma Margot,
    Du bas en haut,
Vous n' trouverez pas un défaut.

Sur l'portrait que j' venons d' vous faire,
P't'êt' vous direz qu' ma parsonnière ,
Du haut en bas, n'est qu'nn' guenon ;
J' sis trop poli pour vous dir' non ;
Mais conv'nez, (b.) conv'nez qu'c'est dommage;
  Car, à ça près , j' gage
    Qu'à ma Margot,
    Du bas en haut ,
Vous n' trouveriez pas un défaut.

C'EST ÉGAL.

Air nouveau.

CHANTONS tous à perdre haleine ;   }*bis.*
Chanter n'a rien d'illégal ;
Fût-on dans le Sénégal,
A Rome, en Chine, à Cayenne,
    C'est égal ;
La p'tit' chanson n' fait pas d'peine, }*bis.*
La p'tit' chanson n' fait pas d' mal.

Deux yeux d'azur ou d'ébène
Pour moi sont un vrai régal ;
Qu'on soit friand ou frugal,
Jeune ou dans sa soixantaine,
    C'est égal ;
Deux beaux yeux ne font pas d'peine,
Deux beaux yeux ne font pas d' mal.

Moi, pour une cave pleine,
J'irais jusqu'en Portugal.
Du soldat au cardinal,

Et du Champagne au Surène ,
  C'est égal ;
Un p'tit coup ne fait pas d' peine ,
Un p'tit coup ne fait pas d' mal.

En veste d' bure , en bas d' laine ,
On vous traite d'animal ;
Fussiez-vous un Annibal ,
Un Thémistocle , un Diogène ,
  C'est égal ;
Un bel habit n' fait pas d' peine ,
Un bel habit n' fait pas d' mal.

Qu' la curiosité m'amène
A l'institut-doctoral ,
Aux leçons d' Feinagle ou Gall ,
Et d' chez eux chez Melpomène ,
  C'est égal ,
Un p'tit somme n' fait pas d'peine ,
Un p'tit somme n' fait pas d' mal.

Quoiqu'on puisse êtr' dans la gêne
Sans cesser d'être loyal ,
Et quoiq' l'or , ce vil métal ,

Souvent au vic' nous entraîne ;
  C'est égal ;
Un peu d'or ne fait pas d' peine ,
Un peu d'or ne fait pas d'mal.

Un gros voyageur du Maine ,
De r'tour au toit conjugal ,
Y trouve un fruit peu légal ,
Et s' dit : De queuq' part qu' ça vienne ,
  C'est égal ;
Un enfant ne fait pas d' peine ,
Un enfant ne fait pas d' mal.

L' soir où la tendre Mad'leine
Paya mes feux au Vaux-Hall ,
Ell' me dit avant le bal :
» Vous m' trompez , j'en suis certaine ,
  C'est égal ;
Un peu d' plaisir n' fait pas d' peine
Un peu d' plaisir n' fait pas d' mal. »

A chaque amant de Climène ,
Succède un heureux rival ,
Et son cœur sentimental

Répète à chaque douzaine :
  C'est égal ;
Un de plus ne fait pas d' peine ,
Un de plus ne fait pas d' mal.

J'ai terminé mon antienne ;
Gare messieurs du journal !
Mais à leur grand tribunal
Qu'elle déplaise ou convienne ,
  C'est égal ;
Un journal ne fait pas d' peine ,
Un journal ne fait pas d' mal.

~~~~~~~~~~~~~~~~~~~~~~~~~~~~~~~~~~~~~

CHANSON

Relative à la guerre de la France
contre la Russie.

AIR : Ah ! le bel oiseau.

V'LA que l' bal va commencer,
 L' tambour sonne,
 L' canon tonne ;
Pour s'habituer à danser,
J' vois déjà les Russ' valser.

Chez nos bouillans ennemis,
On dit qu'il gèle à pierr' fendre ;
Allons chauffer leur pays,
C'est un service à leur rendre.

V'là que l' bal va commencer, etc.

Alexandre sur c' radeau,
Qu'on disait si long, si large,
En le f'sant couler sous l'eau,
Prouve qu'il f'sait un' fièr' charge.

V'là que l' bal va commencer, etc.

16

A tout évèn'ment on voit
Qu'ils ont des radeaux à r'vendre ;
Une fois c'était adroit ,
Mais deux fois , ça n' peut pas prendre

V'là que l' bal va commencer , etc.

Puisqu'ils n' veulent pas , les malins,
Dans leurs inquiétud' extrêmes ,
Que j' restions chez les voisins ,
Installons-nous chez eux-mêmes.

V'là que l' bal va commencer, etc.

Sachant bien que not' Emp'reur ,
En fait d'ça, n' va pas d' main morte,
Ces messieurs , en cas d' frayeur ,
Voulaient s'assurer d' la Porte.

V'là que l' bal va commencer, etc.

La Porte s' ferme sur leur nez ,
Aussi comm' le v'la qui saigne !
Si ça vous défrise , v'nez ,
Je vous r' pass'rons un coup d' peigne.

V'là que l' bal va commencer, etc.

Ils n' pens' pas , dans leur déchet,
Qu' Napoléon est des nôtres ,
Et qu' tous les voyag' qu'il fait
Font voir du pays aux autres.

V'là que l' bal va commencer , etc.

Le v'là, c' prince , not' amour ,
Dont le bras , toujours au poste ,
De Paris à Pétersbourg ,
Leux f'ra payer les frais d' poste.

V'là que l' bal va commencer , etc.

Des Français l' vengeur et l' dieu ,
Sa parole est un cri d' gloire ,
Son regard est un coup d'feu ,
Et son geste une victoire.

V'là que l' bal va commencer ,
        L' tambour sonne ,
        L' canon tonne ;
Pour s'habituer à danser,
J' vois déjà les Russ' valser.

~~~~~~

AUTRE.

SUR LE MÊME SUJET.

Ais : Malgré la bataille.

Puisque la Russie
Nous a menacés,
Et puisqu'elle oublie
Nos exploits passés,
Dans la lice ouverte,
Ardens à voler,
Courons, pour sa perte,
Les lui rappeler.

Marchons, camarades,
Marchons, mais, morbleu !
Par mille rasades
Préludons au feu.
La cuve bouillonne,
Le vin a coulé,
La trompette sonne,
Le Russe a tremblé.

En vain il vous crie.,
Nobles Polonais :
« De votre patrie
» Chassez les Français... »
Rompez ces entraves,
Et répondez tous,
Que chez les vrais braves,
Nous sommes chez nous.

Du Niemen perfide
Le torrent soumis
Se calme et nous guide
Vers nos ennemis.
Tu fuis, Alexandre,
Tu fuis de Wilna !...
Ton trône est en cendre ;
L'invincible est là.

L'honneur le réclame ,
Il devient soldat ;
Le danger l'enflamme ,
Il vole au combat.
Les Russes paraissent ,
Sa voix va tonner ;
Les lauriers renaissent ,
Il va moissonner.

Mais, ô race ingrate !
Entends-tu ces cris ?
Le salpêtre éclate,
Dans les airs surpris.
De feux et de poudre
Quel noir tourbillon !
Tremble, c'est la foudre...
Ou Napoléon.

~~~~~~

AUTRE

SUR LE MÊME SUJET.

Air du pas redoublé.

LA VALEUR.

Adieu, Fanchette, v'là qu'est fait,
J' partons pour la Russie.
Mais, mon dieu, comm' t'a l'air défait !

FANCHETTE.

C'est qu' j'en suis tout' saisie.
A chaque victoire écris-moi
Qu' tu m'es resté fidèle.

LA VALEUR.

Tous les jours d' mon amour pour toi
Tu r'cevras la nouvelle.

FANCHETTE.

De larmes, malgré c' doux espoir,
Mon visage s'inonde :
Qui sait si j' pourrai te revoir ;
Tu vas au bout du monde.

LA VALEUR.

Le Russ' demeure un peu loin, mais,
    Mon enfant, tu dois croire
Qu'un Français n' s'égare jamais
    Quand il marche à la gloire.

L'enn'mi veut nous fermer le ch'min
    Des Polonais, nos frères ;
J'allons le prier, sabre en main,
    De s' mêler d' ses affaires.

FANCHETTE.

Le voisinage des Français
    L'inquiét'rait moins sans doute,
S'il n' les eût pas vus d'assez près
    Pour savoir c' qu'il en coûte.

LA VALEUR.

C' bel Alexandre, dans ses bras
    Pressant l'Emp'reur, not' père,
Suivait l'exemple de Judas
Baisant le sauveur de la terre.

FANCHETTE.

Et s'il voulut que c' baiser-là
  S' donnât sur un' rivière,
C'est qu'il savait ben que tout ça
  D' vait s' tourner en eau claire.

LA VALEUR.

J' te promets qu' dans deux mois l'hymen
  M' liera z' à mon amante.

FANCHETTE.

Mais tu vas passer le Niémen,
  Et v'là c' qui me tourmente.
A c'te rivière d' nos enn'mis
  N' t'avise pas de boire,
Puisque de tout c' qu'on a promis
  Elle ôte la mémoire.

LA VALEUR.

Adieu, cher objet d' mon amour,
  Compte sur ma constance ;
Mais en attendant mon retour,
  N' va pas perdre patience.

FANCHETTE (*l'embrassant*).

Que ce baiser te soit garant
   D' la flamme la plus tendre.

LA VALEUR.

Fasse le ciel qu'il soit plus franc
   Que celui d'Alexandre !

~~~~~~

LE DÉLIRE BACHIQUE.

Air : Pomm' de reinettes, pomm' d'api.

Quand on est mort c'est pour long-tems,
  Dit un vieil adage
    Fort sage,
Employons donc bien nos instans,
    Et contens, .
Narguons la faux du Tems.

    De la tristesse,
    Fuyons l'écueil ;
    Evitons l'œil
  De l'austère Sagesse ;
    De sa jeunesse
    Qui jouit bien,
    Dans sa vieillesse
  Ne regrettera rien.
    Si tous les sots,
    Dont les sanglots,
    Mal-à-propos ;

Ont éteint l'existence,
>Redevenaient
>Ce qu'ils étaient,
>Dieu sait, je pense,
Comme ils s'en donneraient !

Quand on est mort, etc.

>Pressés d'éclore,
>Que nos désirs,
>Que nos plaisirs
Naissent avec laurore;
>Quand Phébus dore
>Notre réduit,
>Chantons encore,
Chantons quand vient la nuit.
>Des joyeux sons
>De nos chansons
>Etourdissons
La ville et la campagne;
>Et que moussant,
>A notre accent,
>Le gai Champagne
Répète en jaillissant :

Quand on est mort, etc.

Jamais de gêne,
Jamais de soin ;
Est-il besoin
De prendre tant de peine,
Pour que la haine,
Lançant ses traits,
Tout-à-coup vienne
Détruire nos succès ?
Qu'un jour mon nom
De son renom
Remplisse ou non
Le temple de mémoire ;
J'ai la gaîté,
J'ai la santé,
Qui vaut la gloire
De l'immortalité.

Quand on est mort, etc.

Est-il monarque
Dont les bienfaits,
Dont les hauts faits
Aient désarmé la Parque ;
Le souci marque
Leur moindre jour,
Et puis la barque
Les emporte à leur tour.

17

Je n'ai pas d'or,
Mais un trésor
Plus cher encor
Me console et m'enivre ;
J'aime , je bois ,
Je plais parfois ;
Qui sait bien vivre
Est au-dessus des rois.
　　Quand on est mort , etc.

Au lit , à table ,
Aimons , rions ,
Puis envoyons
Les affaires au diable.
Juge implacable ,
Sot chicaneur ,
Juif intraitable ,
Respectez mon bonheur.
Je suis , ma foi,
De mince aloi ;
Epargnez-moi
Votre griffe funeste.
Sans vous , hélas!
N'aurai-je pas
Du tems de reste
Pour me damner là-bas ?
Quand on est mort , etc.

Quand le tonnerre
Vient en éclats,
De son fracas,
Epouvanter la terre,
De sa colère,
Qu'alors pour nous
Le choc du verre
Amortisse les coups.
Bouchons, volez!
Flacons, coulez!
Buveurs, sablez!
Un dieu sert les ivrognes.
Au sein de l'air,
Que notre œil fier,
Nos rouges trognes
Fassent pâlir l'éclair.

Quand on est mort, etc.

De la guinguette
Jusqu'au boudoir,
Matin et soir
Circulons en goguette.
Guerre aux grisettes,
Guerre aux jaloux,
Guerre aux coquettes,
Surtout guerre aux époux.

Sur vingt tendrons,
Bien frais , bien ronds ,
En francs lurons ,
Faisons rafle à toute heure ;
Puisqu'aussi bien ,
Sage ou vaurien,
Il faut qu'on meure ,
Ne nous refusons rien.

Quand on est mort , etc.

~~~~~~

LA MANIÈRE DE VIVRE CENT ANS.

AIR :

Si de votre vie,
Joyeux troubadours,
Vous avez l'envie
D'étendre le cours,
Ecoutez les sons
De ma lyre sexagénaire ;
Prêcher en chansons
Est ma fantaisie ordinaire.
Daignez-donc vous taire
Pour quelques instans :
Voici la manière
De vivre cent ans.

S'endormir à l'heure
Où le jour s'enfuit ;
Quitter sa demeure
Dès que le jour luit ;

Au loin de ses pas
Porter la marche irrégulière ;
Pour chaque repas
Nouvelle course auxiliaire ;
Et l'année entière
Même passe-tems ,
Voilà la manière
De vivre cent ans.

Fier sur une tonne ,
Narguer le chagrin ;
Prévoir , quand il tonne ,
Un ciel plus serein ;
Se montrer soumis
Aux coups du sort parfois sévère ;
Tendre à ses amis
Sa bourse , sa main et son verre ;
Suivre la bannière
De Roger-Bontems ,
Voilà la manière
De vivre cent ans.

Des beautés factices
Redouter l'accueil ,
De leurs artifices
Eviter l'écueil ;

Sauver sa gaîté
Des flots de la gent chicanière ;
De la Faculté
Fuir la doctrine meurtrière ;
Ne faire la guerre
Qu'aux cerfs haletans,
Voilà la manière
De vivre cent ans.

Toujours honnête homme,
Marcher hardiment ;
Toujours économe,
Jouir sobrement ;
Être par accès
Des neufs sœurs heureux tributaire ;
Puis , avec succès ,
Volant du Parnasse à Cythère,
A rimer et plaire
Consacrer son tems ,
Voilà la manière
De vivre cent ans.

Lorsque du jeune âge
L'on sent fuir l'ardeur,
Dans un doux ménage
Chercher le bonheur ;

Au gré de ses vœux
Voir bientôt son épouse mère ;
Toujours plus heureux ,
Au bout de dix ans se voir père
D'une pépinière
D'enfans bien portans ,
Voilà la manière
De vivre cent ans.

Du gai Vaudeville ,
Fidèles troupeaux ,
Parcourir la ville
Au son des pipeaux ;
Convives grivois ,
Chaque mois faire bonne chère ,
Serrer chaque mois
Les nœuds d'une amitié si chère ,
Se revoir , se plaire ,
Se quitter contens ,
Voilà la manière
De vivre cent ans.

Faut-il par l'exemple
Vous convaincre tous ?
J'en vois dans ce temple
Un bien doux pour nous :

Regardez Laujon ,
L'honneur de notre sanctuaire ,
Fils d'Anacréon ,
Il boit et chante octogénaire ;
Toute sa carrière
Fut un long printems ;
Voilà la manière
De vivre cent ans.

~~~~~~

PARLEZ-MOI D' ÇA.

AIR : Mon galoubet.

Ne m' parlez pas
De ces repas
Où l'on sert des mets que d'avance
Sur leurs fourneaux l'ennui glaça ;
Mais s'agit-il d'une bombance
Où fillettes, flacons, tout danse ?
  Parlez-moi d' ça. (*quatre fois.*)

Ne m' parlez pas
De ces appas
Que l'artifice dénature ,
Et que Plutus seul caressa...
Mais ces charmes sans imposture ,
Et dont quinze ans font la parure ,
  Parlez-moi d' ça. (4 *fois.*)

Ne m' parlez pas
De ces ébats
Que sans l'Amour l'Hymen ordonne ,
Que toujours le cœur repoussa ;
Mais ceux où l'ame s'abandonne ,
Goûtant les plaisirs qu'elle donne ,
  Parlez-moi d' ça. (4 *fois.*)

Ne m' parlez pas
De ces débats
Où s'égorgent deux adversaires
Qu'un seul mot souvent courrouça ;
Mais ces querelles passàgères
Qui se vident avec les verres,
   Parlez-moi d' ça. (4 *fois.*)

   Ne m' parlez pas
De ces pieds-plats
Tout fiers du brillant équipage
Où leur bassesse les plaça ;
Mais l'or devient-il l'apanage
Ou du génie ou du courage ,
   Parlez-moi d' ça. (4 *fois.*)

Ne m' parlez pas
De ce fatras
Qui de la fange du Parnasse
Sortit et nous éclaboussa.
Mais ces vers dont l'esprit , la grâce
Font revivre Tibulle , Horace...
   Parlez-moi d' ça. (4 *fois.*)

Ne m'-parlez pas
De ces prélats
Qui ne chantent que pate-nôtres ,
Et que la paresse engraissa ;

Mais ces abbés, joyeux apôtres,
Scarron, Chaulieu et Bernis, d'autres...
   Parlez-moi d' ça. (4 *fois*.)

   Ne m' parlez pas
   De l'embarras
Qui suit une fortune immense,
Que bien ou mal on amassa ;
Quelques amis, un peu d'aisance,
Folle gaîté, sage dépense,
   Parlez moi d' ça. (4 *fois*.)

   Ne m' parlez pas
   De ce trépas
Que plus d'un docteur nous attire
Par les juleps qu'il nous versa ;
Mais après cent ans de délire,
Faut-il enfin mourir de rire ?...
   Parlez moi d' ça. (4 *fois*.)

———

TABLE.

	Pages
Le Code épicurien.	7
En attendant.	8
L'Eloge du Long, en réponse à l'*Eloge du Rond*, par M. De Piis.	9
Ronde prodhétique.	12
Avant et Après.	16
Paris en miniature.	19
5e, Soirée de Cadet Buteux à Longchamp.	22
Le Petit Gargantua, ronde gourmande.	28
Le Retour de l'Hiver.	32
Il faut rire.	35
Les Amours de Gonesse, *ou* V'là c' que c'est que l' sentiment.	40
Encore une chanson à faire, vaudeville.	45
Les Plaisirs du Dimanche.	49
Le Train du Monde, vaudeville moral.	52
Stances sur la mort de P. Laujon.	56
Ma Vie épicurienne.	58
Tout le monde sait ça.	65

Pages.

Consolations de la vieillesse. 70

Couplets sur le mariage de S. M l'Empereur et Roi avec l'Archiduchesse d'Autriche Marie-Louise. 73

Chanson poissarde sur le même sujet. 76

Couplets chantés pour l'installation de
M. Dartigues, propriétaire de la Verrerie
de Voneiche, dans sa maison de la rue
du Mont-Blanc. 79

Bien fort et tout doucement. 81

Couplets sur le mariage d'un jeune médecin. 85

6e. Soirée de Cadet Buteux à la représen-
tation des *Deux Gendres*. 86

La Pauvre Lise, chansonnette morale. 98

Le Panpan bachique. 101

Vaudeville de l'Heureuse Gageure, divertissement en vers, à l'occasion de
de S. M. le Roi de Rome, représenté
sur le Théâtre-Français, le 25 mai 1811. 105

Ronde chantée chez M. le Comte Regnault de Saint-Jean d'Angely, au Val,
sa maison de campagne, qui, autrefois,
était l'abbaye des Feuillans. 108

Vivent les grisettes. 112

La Petite Chanson. 117

(209)

	Pages.
Les Progrès de l'age.	120
L'Anglais au Caveau moderne, dialogue.	124
Le Petit Ménage.	131
La Promenade Sentimentale, *ou* le Danger de sortir sans argent.	134
La Mauvaise et la Bonne Chanson.	138
Le Nec plus ultrà de Grégoire.	142
L'Inconvénient d'avoir des dents.	146
Conseils aux garçons.	149
Ah! mon dieu! que j' suis bête!	152
Stances sur l'avènement de S. A. le Prince de Ponte-Corvo au trône de Suède.	156
Le Verre,	158
Les Inconvéniens de la Fortune.	161
Couplets chantés le jour de l'an 1812, dans un ménage de la rue des Bons-Enfans.	164
L'Atelier du Peintre, *ou* le Portrait manqué.	166
Couplets chantés par M. Batiste, artiste sociétaire du théâtre Feydeau, à la fête d'Antoinette L***.	170
Portrait de mam'selle Margot la rempailleuse, par son cher amant Dubelair, peintre-doreur.	172
C'est égal.	177
Le Délire bachique.	191

Pages

Chanson relative à la guerre de la France
contre la Russie.   181

Autre sur le même sujet.   184

Idem.   187

La manière de vivre cent ans.   197

Parlez-moi d' ça.   194

.

www.ingramcontent.com/pod-product-compliance
Lightning Source LLC
Chambersburg PA
CBHW061456030726
47503CB00005B/1739